KB157667

큰 글
한국문학선집

김동인 단편소설선

# 시골 황서방

## 일러두기

1. 원전에는 '한자[한글]' 또는 '한글(한자)'의 형태로 혼재되어 있어 그대로 두었다. 다만 제목의 경우, 한자를 삭제하고 한글로 표기하고 이를 각주를 달아 한자를 알아볼 수 있도록 하였다.
2. 원전에서 알아볼 수 없는 글자는 '○' 또는 '●'으로 표시하였다.
3. 이해를 돕기 위하여 편집자 주를 달았다.

# 목 차

# 소설급고[1]

K가 S잡지 삼월호의 단편소설 한 편을 부탁받은 것은 정월 초순이었다.

"정월 그믐날까지 꼭 한 편 써 주시오."

이런 부탁에 대하여 그럽시다고 쾌락하였다.

S잡지는 가정잡지였다.

"어떤 테마를 붙드나?"

그 부탁을 받은 뒤부터 틈이 있을 때마다 K는 이렇게 스스로 문답하였다.

쓰기는 써야겠다. 반드시 써야겠다. 약속도 약속이

1) 小說急告

려니와 원고료 때문에라도 반드시 써야겠다.

양력 정월이라도 달은 음력 섣달을 낀 달이다. 음력 섣달이란 달은 모든 셈을 하는 달이다. 몰리는 경제 문제 때문에라도 반드시 써야겠다.

그러나 S잡지는 제한된 잡지였다. 제일에 페이지 수에 제한이 있었다. 둘째로 잡지가 가정잡지요 독자가 독특하니만치 그 내용에도 저절로 제한이 없을 수가 없었다. 방분한 붓을 자유로이 놀려서 쓰고 싶은 소리를 쓰기에는 너무도 좁다란 잡지였다.

"무슨 소리를 쓰나?"

S잡지에 대한 약속이 떠오를 때마다 K는 이렇게 자문하고 하였다.

정월 초순이 중순이 되었다. 중순이 그믐이 되었다.

K는 그동안 단속적으로 늘 S잡지에의 약속 때문에 머리를 흔들고 하였다.

쓸 만한 적당한 제재가 생각나지 않았다. 붓도 들기가 싫었다.

신문의 삼면 기사를 뒤적였다. 일본 어떤 종류의

신문의 '인사상담란'을 뒤적였다. 무슨 소설이 될 만한 사건이 없나 하여 틈 있을 때마다 자기의 머리를 뒤채어서 과거 삼십여 년의 기억에서 가정잡지의 소설에 적합할 만한 재료가 없나고 생각하고 하였다.

"괴로운 의무로다."

스스로 고소는 꽤 여러 번 하였다.

그러나 신문의 기사, 과거의 기억 가운데 페이지 수 내용 모든 점이 S잡지에 적합할 것은 좀체 찾아낼 수가 없었다. 그럴듯한 제재가 있으면 페이지 수가 약속보다 훨씬 넘칠 것이다. 페이지 수가 맞을 만한 것은 가정잡지에 적합치 않을 것이었다.

"오비니와미지까시 다스끼니와나가시(帶には短したすきには長し: 띠로는 짧고 멜빵으로는 길다) 현대 저널리즘, 저주받을 것이로다."

그러나 그 저널리즘을 저주하면서도 거기서 밥을 뜯어먹지 않을 수가 없는지라 또한 거기 머리를 숙이지 않을 수가 없는 자기의 처지에 그는 고소치 않으려야 않을 수가 없었다.

약속한 그믐이 되기까지 그는 붓을 들지를 못하였

다. 끝끝내 정당한 제재를 발견치를 못하였기 때문이었다.

그믐날이었다.

그는 원고료를 받으러 신문사에 갔다. X신문사에서 나오는 매달 구십 원이라는 원고료는 그의 살림의 거의 전부를 지배하는 금액이었다.

X신문사에서 그는 두 군데 잡지사에 전화를 걸었다. 하나는 O잡지사 또 하나는 S잡지사, 두 군데다 약속하였던 원고를 못 썼노라는 전화였다. 경제문제에는 몰리기도 하였지만 움직이지 않는 붓을 놀릴 수가 없었던 것이다.

'신문에는 신문소설'

'잡지에는 자기의 소설'

이것이 K의 모토이었다. 매달의 정시 수입을 위하여 신문에 소설을 싣는다. 그러나 그것은 자기의 소설이 아니었다. 신문이 주문하는 대로 베끼어 나아가는 한 기사에 지나지 못하였다. 신문의 경제 기자가 봉급을 위하여 쓰는 경제 기사와 마찬가지로 그는 신문에 있어서는 소설 기자로 자임하였다. 봉급을 위하여 쓰는 글이지 자기의 소설이 아니라 공언하여 문제를 일으킨 일까지 있었다.

그러나 그는 잡지의 소설에 있어서까지 그런 태도를 취하고 싶지 않았다.

잡지에 있어서는 그렇게 하려지 않았다. 잡지에 따라서 얼마간의 제한이 없는 바는 아니었으나 그래도 그 제한 안에서 자유로이 붓을 놀리려 하였다.

그러기 때문에 잡지에는 붓을 용이히 들지를 못하였다. 경제 문제에는 곤란을 받았으나— 그리고 붓을 잡기만 하면 그래도 어름어름 남의 눈을 넉넉히 속이어 넘길 만한 것을 급조(急造)할 자신은 있었으나 약속하였던 두 잡지에 모두 다 붓을 들지를 못한 것이었다.

그래서 두 잡지사에 전화를 걸었더니 두 잡지사에서는 모두들 한결같이 이삼 일간을 연기를 할 테니 꼭 써 달라는 재번의 부탁이었다.

K는 호인이었다. 누구에게 간절한 부탁을 받으면 거절치를 못하는 인물이었다. K는 전화를 하며 머리

로 생각하여 보았다.

그 날이 그믐날이었다. 초하룻날 S잡지의 것을 쓰고 이튿날 O잡지의 것을 쓰면 안 될 것이 없을 듯이 보였다. 아직껏도 끊임없이 S잡지의 소설에 대하여 생각은 하여보았지만 붓대를 잡고 절실히 생각하여 본 적이 없었다.

막연히 때때로 지나가는 생각으로 하여본 데 지나지 못하였다. 붓대를 잡고 원고지를 향하고 막상 쓰려면 무슨 그럴듯한 제재가(국한된 계단 안에서라도) 나올 듯하였다. 십오륙 년을 붓대로 살아 온 그에게는 또 그만한 자신도 없는 바가 아니었다. 게다가 앞에 막힌 경제 문제가 있었다. 간절한 부탁이 있었다.

여기서 전화통을 들고 말을 하면서 생각한 결과로 K는 다시, 그럼 모레와 글피 안으로 그 두 잡지사에 모두 한 편씩을 써 주기로 하였다.

이윽고 X사에서의 원고료가 나왔다. 본시는 구십 원이 나와야 할 것이었다. 그러나 과세와 과동의 물품을 준비하기 위하여 미리 찾아 쓴 것이 많으므로 겨우 사십 원의 돈이 나올 뿐이었다.

'사십 원–.'

이 가운데서도 당연히 갚아야 할 빚이 약 이십 원 있다. 그것을 갚으면 이십 원 내외가 남을 뿐이다. 그 이십 원이라는 돈이 이제 한 달의 그의 일가족의 생활비가 되어야 할 것이다.

"부족한걸."

잡지에 쓰자. 내일 하루를 생각하여 모레는 S잡지에 쓰고 글피는 O잡지에 쓰자, 생활비 때문에 반드시 써야겠다.

남은 사십 원 중에서 이십 원은 먼저 떼어서 집으로 사람시켜 보냈다. 그리고 남은 이십 원을 주머니에 넣은 채로 K는 X사를 나오려 하였다.

그때에 누구에게선가 K에게 전화가 왔다. 받아 보니 P라는 K의 친구에게서 온 것이었다.

"마장 하러 안 가겠소!"

이런 의견이었다.

K는 주저하였다. 도박운이 지극히도 약한 자기였다. 화투, 경마, 마장, 골패, 무엇에든 하면 반드시 손해보는 자기였다. 도박성이 심하여 하기는 좋아하

되 하면 반드시 손해를 보는 자기였다.

지금 주머니에 남아 있는 이십 원의 운명이 위태로웠다. 전화통을 귀에 댄 채 그는 주저하고 주저하였다.

그러나 그의 마음의 한편 구석에 잠재하여 있는 맹렬한 도박성이 이 P의 말 때문에 차차 머리를 들기 비롯하였다. 하면 반드시 손해를 보라는 법은 없을 것이다. 딸 때도 있을 것이다. 다만 일 원 이 원이라도 따면 횡재가 아니냐. 이 달의 생활비가 꼭 막혔으니 마장을 하여 거기서 돈원이라도 생기면 그만치 좋지 않겠느냐. 이런 의견이 그의 마음에서 차차 머리를 들기 시작하였다.

A에게 갚을 사 원 B에게 갚을 삼 원 C에게 갚을 오 원 모두 하루만 연기하여 내일 주기로 하자. 금년의 운을 한 번 시험하여 보자 이런 의견조차 나오기 시작하였다. 전화통을 들고 잠시 주저한 뒤에 K는 드디어 쾌히 응낙하였다.

그날 밤 K는 집에 돌아오지 않았다. 재작년에 결혼한 그의 새 안해와 전처의 두 소생이 목을 길게 하고 기다렸지만 K는 돌아오지 않았다. 이튿날 아침도 돌아오지 않았다.

마장구락부에서 K는 처음에 이 원을 잃었다.

조금이라도 더 붙이어 보려던 노릇이 잃었는지라 그는 조금 등이 달았다.

게다가 도박성보다도 금전욕이 조금 더 서게 된 K는 두 번째 달려들었다. 본전만 되면 일어서서 집으로 돌아가려고 속으로 맹서를 하면서 두 번째 달려든 것이었다. 두 번째는 다행히 삼 원을 따서 본전은 넘었었다. 그러나 K는 일어나지 않았다. 일 원만 소득하여 무얼 하느냐. 한 번만 더 해서 하다못해 A에게 갚은 것이라도 오늘 얻어 가지고 가자. 이리하여 다시 세 번째 판으로 들어섰다.

이렇게 몇 번을 거듭한 결과 그 밤 두시쯤은 그가 가지고 온 밑천의 절반이 되는 십 원을 잃어버렸다.

"인젠 집으로 가야 할 텐데! 야단일세."

가따가나 몰리는 이 날의 생활비에서 도박으로 십 원이라는 돈을 잃었다는 것은 그의 순진한 안해에게는 커다란 경악일 것이다. 이전에 도박으로 수천 원까지 잃어 본 K에게 있어는 십 원쯤은 그다지 문제가 될 것이 없었으나 무엇보다도 안해의 가슴을 쓰리게 하는 것이 괴로웠다.

"또 합시다. 밤을 새웁시다. 좀 더 높입시다."

이런 말이 그의 입에서 나올 때는 그의 등은 꽤 단 때였다.

드디어 밤을 새웠다. 밤을 새운 이튿날 아침은 그의 주머니에는 겨우 칠팔십 원 밖에는 남지를 않았다. 그와 함께 왔던 P도 사십여 원을 홀짝 잃었다.

겨울 이른 아침이었다. 밤을 새워서 마장을 하여 잃고 그 집에서 나올 때는 추운 겨울 아침임에도 불기(不羈)[2]하고 그의 이마에는 땀이 내배었다.

"자 어디로 가나?"

집으로 돌아가기 어려웠다. 무엇보다도 안해에게 빈 지갑을 내어보이기가 어려웠다. 밤을 새운 변명은 거짓말로라도 꾸며 댈 수가 있지만 당연히 있어야 할 돈이 없는 데 대한 변명은 할 만한 것이 없었다.

---

2) 도덕이나 사회 관습 따위에 얽매이지 아니함. 재능이나 학식이 남달리 뛰어나 일반 상식으로 다루지 못함.

술을 먹어서 없이 하였다는 것은 그의 안해에게 있어서는 도박을 하여 잃었다는 것보다도 더 큰 아픔일 것이다.

아침에 거리로 나온 K는 곤한 몸을 좀 쉬기 위하여 어떤 친구가 하숙하고 있는 여관으로 찾아갔다. 그러나 그 친구는 음력 정초라 시골 내려가고 없었다.

갑(甲)의 집을 찾았다. 을(乙)의 집을 찾았다. 병(丙)의 집을 찾았다. 그러나 불행히도 한 군데도 좀 들어가서 몸을 쉴 곳이 없었다. 혹은 외출을 하였거나 그렇지 않으면 손님이 있거나 하여서 몸을 눕혀서 쉬일 만한 곳이 없었다.

"어찌할까."

거리거리를 헤매면서 그는 식은땀을 벌벌 흘렸다. 허리를 구부리고 앉아서 밤을 새우기 때문에 허리가 끊어지는 듯이 아팠다. 그 허리를 끄을고 이리저리 돌아다녔다. 안해에게 얼굴을 대할 낯이 없어서 차마 집으로 돌아갈 용기가 생기지 않았다.

"S잡지의 원고를 쓰자 그래서 내일 단 얼마라도 돈

을 만들자. 그리고 그 돈을 만들어 가지고 집으로 돌아가자."

그러나 그것을 쓰자면 피곤한 몸을 한잠 잘 자야 할 것이다. 자자면 잘 만한 곳이 생각나지 않았다. 두세 군데 있기는 하였지만 그곳에 몸을 쉬다가는 안해가 그 집으로 찾아올 염려가 있다. 안해가 모름직한 곳은 가서 쉴 만한 곳이 없었다.

오후 네 시까지 K는 피곤한 허리를 끄을고 이리저리 헤매었다. 무엇보다도 돈을 얻기 위해서는 원고를 써야겠고 원고를 쓰기 위하여서는 몸을 쉬어야겠는데 쉴 만한 곳이 발견되지를 않기 때문에 집에서는 더욱 근심할 것이로되 안해에게 대하여 할 말이 없으므로 돌아가지 못하고 방황하는 동안 그는 한 가지의 죄를 범하기 때문에 더욱 새 죄를 연하여 범하는 상습죄 '악한'의 심리를 동정하였다.

오후 네 시도 지났다. 겨울 해는 더욱 붉게 되었다.

이때까지 거리를 돌아다니던 K는 드디어 집으로 돌아가기로 결심하였다.

그새의 경과를 실토를 하고 안해에게 사죄를 하고 속상하여 하는 안해를 위로하기로 결심을 하였다.

이리하여 저녁때야 어슬렁어슬렁 그는 집으로 돌아왔다.

착한 그의 안해는 그의 사죄에 두어 마디 나무람을 한 뒤에 그 문제는 집어치워 버렸다.

저녁도 안 먹고 K는 자리에 들어가 자 버렸다.

이튿날도 아홉시가 되어서야 깨었다.

깨는 참 그는 붓을 들었다. X신문에 연재중인 소설 한 회분을 쓰기 위하여서였다.

X신문 소설 한 회분 삼십 분 그 뒤 삼십 분은 쉬며 S잡지의 소설을 생각하여 열두시까지로 써 내기—이런 급템포의 설계로서 붓을 잡은 것이었다.

X신문의 소설은 아홉 시 반까지로 끝이 났다. 그 뒤 삼십 분간에 가정잡지에 적합한 소설을 반드시 하나 생각하여 내야 할 것이었다.

십 분이 지났다. 이십 분이 지났다. 삼십 분도 지났다. K는 붓과 종이를 잡았다. 그러나 입때껏[3] 아무 생각도 나지 않은 것이었다.

K는 붓대를 잡은 뒤에 담배를 붙이어 물었다. 그리고 다시 생각하였다.

드디어 그의 붓은 잉크를 찍으려 갔다. 한 가지의 소설이 생각이 난 것이었다. 그것은 가정잡지에는 적합치 않을 종류의 소설이었다. 그러나 이 급박한 시간 안에 다른 소설을 만들어 낼 수가 없었던 것이다.

약속하였던 바와는 엄청나게 다른 소설을 쓰게 된 그 경과를 소설화하여 쓰기로 한 것이었다. 이 막다른 골에서 유유히 다른 소설을 복안할 수가 없어서 이런 소설을 급조하기로 한 것이었다.

그의 붓은 종이에 위에서 뛰놀았다. 이리하여 그가 계획하였던 열두시까지 급조한 한 편의 소설이 씌어졌다.

그것을 다 쓰고 붓을 내어던지며 그는 기다랗게 탄식하였다.

'버리는 신이 있으면 거두는 신도 있거니.'

---

3) 여태껏. 여태를 강조하여 이르는 말.

'궁하면 통하느니.'

'내일의 일을 위하여 근심하지 말라.'

'문을 두드려라. 그러면 열리리라.'

(『제일선(第一線)』, 1933.3)

# 속 망국인기

광공국장 ○씨(광공국은 그 뒤에 상무부의 한 국으로 되었고 ○씨는 상무 부장으로 되었다)의 그때의 호의는 진실로 고마웠소. 물론 그 집은 ○씨의 사유가 아니요 또한 아주 거저 주는 것이 아니요 '본시 일본인의 집이었던 것을 광공국에서 접수하여 김동인이에게 상당한 집세를 받고 빌려주는 것'이지만 하마터면 일가 이산할 뻔한 그 찰나에 그런 비극을 겪지 않고도 되게 되었으니 이런 고마운 일이 어디 있겠소? 내 성질이 하도 대범해서 고맙다는 사례의 인사조차 변변히 안 한 듯하지만 내 일생에 겪은 가지가지의 고마운 일 가운데 가장 큰 것의 하나요.

더욱이 고마운 가운데도 감격되는 바는 '글 쓴 대

상'으로 이런 고마운 대접을 받은 점이었소. '글'을 업으로 택하고 이 길에 정진하기 무릇 30년, 그동안 일반 대중은 물론이요 친구 친척 형제에게까지 수모와 멸시만을 받아왔거늘 오늘 처음으로 '글쓴 것'이 '공'이라는 대접을 받은 것이었소. 그것도 '글'에 종사한다든가 혹은 다른 문화 사업에 종사하는 이가 아니요, 전연 '글'과는 인연이 먼 이에게서 '글에 대한 대접'을 받은 것이었으니 어찌 감격과 감사가 크지 않겠소? 가슴에 사무치도록.

'아아, 나는 소설가로다. 나는 소설가로다.'

천하에 향하여 내 직업을 큰 소리로 외치고 싶은 충동을 금할 수가 없었소. 지금껏은 누구와 인사를 할 때에도 직업은 어름어름해 버렸고, 여행 때에 여관 숙박계 같은 데도 '회사원'쯤으로 카무플라주해왔으며, 이리하여서 모멸을 가급적 피해왔지만, 인제부터는 큰 소리로 '나는 소설가로다'고 할 수 있는 세월이 왔나보다. 30년을 고집해왔더니 이런 세상도 있기는 있었구나. '소설가'이기 때문에 받는 대접…… 이것은 평생에 처음이요 전연 뜻 안 한 때에 뜻 안한 이로부터

받았는지라 감사와 감격은 그만치 더 컸었소.

의기양양히 새집으로 이사한 것은 1945년 11월 중순이었소. 일본인 회사중역들의 사택 100여 채 가운데서 마음대로 골라낸 것이요 1억 몇 천만 원짜리 회사의 사장의 사택이었더니만치 상당히 좋은 집이었소. 더욱이 내가 고른 바의 표준은 '글 쓰기에 적당한 집'이었더니만치, 집의 방의 배치도 마음에 들었소. 보통 부엌이며 가족실과는 기역자로 꺾여져 멀리 떨어져 조용하고 한적한 방이 있고, 그 방문을 열면 아리따이[4] 설계된 일본식의 정원이 눈앞에 전개되어서 글 쓰다가 피곤한 머리를 쉴 수도 있고, 정원에는 탑이며 천수며 값진 상록수들이 조화 있게 배치된 위에 노송 몇 그루가 뜰을 보호하고…….

본시 무슨 목표로 어떤 취미로 설계된 집인지는 모르지만 글 쓰는 사람에게는 아주 나무랄 데가 없는 설계이며 사랑과 내실이 멀리 격지되어 있어서 이것은 글 쓰는 데뿐 아니라 조선인 습관 풍속에도 좋게

4) 무게, 넓이, 높이, 거리 따위가 얼마큼 되다.

되었으며, 생활 문화 설비로는 전화, 전등, 전열, 가스, 수도, 모두 구비되었고 우물도 있고, 200평에 가까운 빈 터까지 딸려서 야채 등속을 내 집에 심어 먹을 수 있고, 집 앞에는 아이들의 유원지도 있고, 어느 점으로 뜯어보아도 나무랄 데가 없는 집이었소. 내 마음대로 설계를 하여 신축한다 하여도 내 생활과 직업과 취미 등에 이만치 맞게 짓긴 힘들 것이오.

다만 이사 온 처음 한동안은 아직 집에 낯익지 못하고 근처에 낯익지 못하고 집이 좀 크기 때문에 허전하고 무시무시하였소. 더욱이 해방 직후 사면에 강도며 테러가 횡행하고 무경찰 상태의 세상이 현출되었고 이 동네가 도대체 본시 일본인 고관 중역들의 사택촌으로 현재는 모두 새 주인들이 들어서 역시 집에 낯익지 않은 사람들이라 저녁만 되면 겹겹이 문을 잠그고 깊은 방에 들어 잠기고 말므로, 그 일대는 밤만 되면 사람의 그림자 하나 얼씬하지 않고 마치 심산 중의 절간같이 되오. 여기는 서울의 한 귀퉁인가 의심되도록 한적하지요.

게다가 이 동네에서도 두세 집 강도의 방문을 받은

집이 있었으며 우리 집도 이사오는 날 저녁에 절도의 방문을 받았으리만치 어수선한 세상이었으매, 아직 낯익지 않은 넓은 집은 처음 한동안 약간 무시무시하였소.

밤에는 하도 조용한 세상이라 가족들끼리 큰 소리로 웃고 지껄이기를 꺼려서 소근소근 이야기들을 할 때에 저편 멀리서 야경꾼의 딱딱 하는 소리라도 차차 가까워오면 마음이 든든해지고 그 소리가 고맙게 들리는 형편이었소.

이러한 가운데서 나는 어서 이 겨울이 지나고 봄이 오기만 기다렸소. 그동안은 집도 좀 더 낯익어지겠고, 날이 다사로워져서 뜰에도 낯익고 정이 들면 이 무시무시한 기분도 삭아질 것이며, 나만 아니라 근처의 사람(모두가 새로 이사 온 사람들이오)들도 겨울의 칩거에서 해방되어 한여름만 겪고 나면 이 동네도 좀 더 사람 사는 동네같이 될 것이오.

새집에 들기는 들었지만 연료 관계도 있고, 아직 집이 낯선 관계도 있어서 온돌방과 부엌을 중심으로 한 몇 방만 썼지 저편 사랑 쪽은 그냥 굳게 봉한 채로 버려두었으매 아직 그 일대는 내 집같이 생각되지 않았소. 다사로워지면 거기 한 방을 서재로 꾸미고 거기서…….

거기서면 좀 나은 글도 쓸 수 있을 것 같았소. 사실 붓을 잡은 지 30년이요 서울로 이사 온 지 17년에, 서울에서는 행촌정의(집은 열한칸이었지만) 단 한 칸의 건넌방을 내 전용으로 침실 겸 응접실 겸 서재 겸으로 그 방에서 붓대와 씨름을 하기를 17년간이었소. 앞집에서 음식 먹는 젓가락 소리며 뒷집에서 빨래 너는 발소리며 내지 건너편 집의 내외 싸움하는 소리까지 빤히 들리는 소란한 주위 가운데서 총독부 검열계의 철저한 제한 아래서 사회대중의 무시와 모멸 속에서 그야말로 불가능한 환경과 정세 가운데서 붓을 잡아온 것이었소.

조선 문학이 오늘만한 형태라도 이루어진 것은 전혀 거기 종사하는 사람들의 무신경(모멸을 모멸로 보지 않는)과 정성의 산물이오. 약간이라도 신경이 있는 사람은 과즉 수삼 년간 붓대를 잡아보다가는 다른 업으로 전향을 해버렸지, 그냥 달려 있는 사람이 없소. 요만한 것이라도 조선 문학이라는 것을 건설해 놓은 것은 전혀 우리(문인들)의 지극한 정성의 산물이오.

좀 더 우수한 문학을 산출해보겠다는 것은 우리의 끊임없는 욕심인 동시에 불타는 야심이었소.

그러나 창작상의 문구인 연월일 같은 것에까지도 명치, 대정, 소화 등의 연호로 쓰지 않으면 안 된다는 국수적 검열 제도 밑에서 우선 첫서리를 맞아야 하고, 그 뒤에 조용히 앉아서 붓을 잡을 만한 집이나 방 하나도 못 가진 옹색한 환경 아래서 무슨 작품이 나오겠소? 나왔다 하면 이는 전혀 기적이었소.

지금 우선 총독부의 검열이라는 관문이 없어졌소. 이 관문 하나가 없어졌으면 붓을 놀릴 범위는 훨씬 넓어진 것이오.

정신적 자유 아래서…… 한 개의 큰 관문이 없어졌으니 여기 조용하고 마음에 드는 장소만 생기면 전보다는 좀 우수한 창작도 산출될 것 같았소.

평소에 늘 생각하는 바(죽기 전에 꼭 쓰고 싶은) 써놓아야 할 것이 둘이 있소.

지금 창작상의 마음의 해방을 얻었고, 그 위에 마음에 드는 방까지 생겼으니 겨울만 지나서 이 집에도 낯익고 서재도 쓰게 되면 거기서 정원의 노송을 바라보며 수십 년째 벼르기만 하면서 붓을 잡을 기회를 못 얻었던 작품을 만들어보고자 새집에 들면서부터 나의 욕심은 움직였소.

죽기 전에 꼭 쓰고 싶은, 그리고 써놓아야 할 두 개의 창작.

그 하나는 일본에게 합병된 이후의 조선의 걸어온 자취요.

이것은 수십 년 전부터 나의 숙망이요 어떤 잡지의 설문에도 그런 대답을 한 일까지 있는 바요. 붉은 산은 푸르게 되고 거친 벌판은 미답으로 변하고, 심심산곡까지 기차가 통하고, 매 고을에 학교가 서고, 전기가 보급되고…… 일본이 조선을 합병한 뒤에 조선은 이렇게 개혁하였다는 일본 당국자의 자랑의 이면에는 농촌에는 떼거지가 만주로 떠나가고 한 채의 큰 벽돌집이 생기려면 원주민 몇 십호는 이산과 유랑으로 몰락하며, 생도가 스승의 따귀를 때리며, 며느리가 시아비에게 짐을 지워가지고 나들이를 가고, 일본인과 함께 연회에 참석하기 위해서는 집을 저당해서 연회비를 마련하는 조선인의 실정…… 그것이 나날이 더해가고 심각해가는 조선에 그래도 도시에는 칠팔 층의 큰 빌딩이 서고, 양복쟁이가 나날이 더 많아가고 이러한 현황을…….

이러한 것을 소설화함에 아무리 교묘하게 카무플라주할지라도 총독부의 검열을 패스하기는 지난할 것이오. 그러나 패스가 못 된다 하면 단지 문헌으로라도 한 벌 남겨둘 필요는 꼭 있소. 그것을 쓰고자 하는 것은 수십 년래의 오랜 숙망이었소.

표면으로는 피상적으로는 이러한 길을 밟아왔지만 이 이면으로는 가지가지의 뚜껑과 껍질 밑에서 민족으로서의 생명의 촛불만은 그래도 꺼지지 않고 깜틀깜틀 살아와서 제아무리 폭력과 교묘한 수단을 다할지라도 한 개의 다른 말을 가진 민족은 아주 없이할 수 없다는 암시가 이 작품의 큰 안목이니 만치 공공히 내놓지는 못할 작품이오.

1945년 8월 보름날, 연합군의 승리로써 조선은 일

본에서는 해방이 되었소.

수십 년간 머릿속에서 벼르기만 하던 작품은 여기 큰 수정을 가해서 공포할 수 있는 자유가 생겼소. 조선이 일본에게 삼키운 때부터 다시 해방되는 때까지의 40년간의 세월을 배경으로 그 40년에 조선이 걸어온 자취.

그 작품의 주인공이 당시 스무 살이라 하면 스무 살부터 근 60살까지의 생애, 그 주인공이 자식을 낳고 손주를 낳고 며느리를 맞고…… 이러한 인생 노정을 밟는 동안, 그와 평행하여 혹은 교착하여 걸어 나아가는 '조선'이라는 지역.

40년의 가시의 길을 걸은 뒤에 홀연히 조선이 일본에서 해방된다. 어제까지는 국가의 유공한 사람이노라고 큰 머리 들고 다니던 사돈이며 '호국의 신'이라고 명성이 자자하던 조카며가 모두 몰락되는 반면에 세상은 한번 거꾸러진다.

그 40년간과 오늘날의 조선이 밟는 형태를 소설화해보자는 욕망이오.

그 소설의 큰 배역 혹은 부주인공으로 임시정부 주

석 김구 씨를 이용하기로 생각했소. 김 주석의 70년 생애의 공적 반면은 즉 조선 독립 측면사요.

사심이라는 것은 전연 모르고 오직 조선 독립의 순일한 마음으로 '임시정부'라는 보따리를 등에 지고, 상해로 한구로 중경으로 유랑한 40년간의 표박 생활…… 거기는 혹은 실수도 있었겠고, 착오도 있었겠으며, 그 실수가 혹은 민족이나 독립운동에 해로운 것도 있었는지도 모를 바이나, 오직 잠시 한때 사사에 곁눈질 않고 곧추 신념대로만 행하여 나와서 오늘날 일본에서의 해방까지 본 것이오.

더욱이 김 주석의 일대는 소설적으로도 파란중첩하여서 탐정소설에 흡사한 장면도 비일비재요. 그 김 주석의 일대기를 소설화하여 약간의 고기를 붙이면 그것이 즉 '조선 독립사'가 될 것이오.

오랜 숙망이던 '병합 이후의 조선의 걸어온 길의 소설화'와 김주석의 일대기를 교묘히 엮으면, 흥미와 사실을 아우른 기록이 될 것이오.

글 쓰기에 좋은 방이 생겼고 기색 또한 절호의 기회이니 봄부터 그것을 착수하기로 하였소. 그 필요상 김 주석과 누차 만나기도 했고 공주며 마곡사 등지에 함께 여행도 하였소.

꼭…… 더욱이 내 손으로 쓰고 싶었소.

수십 년 벼른 바라 그 점으로도 내 손으로 쓰고 싶었지만, 사실 마음 놓고 이런 글을 맡길 만한 사람이 언뜻 생각나지 않소.

조선에 문사가 수효는 꽤 많지만, 조선이 일본에게 합병된 36년의 전 기간을 몸소 보고 경험한 사람은 몇이 못 되오. 오랜 일이 아니니 남에게 물어서라도 알아볼 수는 있지만 몸소 본 것과 귀로 들은 것의 사이에는 아무래도 차이가 있을 것이오.

그도 그러려니와 이 대 파노라마를 적절하고 정확하게 붓으로 재현시킬 만한 사람이 또한 언뜻 생각 안 나오.

얼마나 인재가 나지 않는 땅인지 문학의 씨가 뿌려진 지 30년, 그사이 배출한 문사 무려 수백 명이 되나 나(30년 전의 옛사람인)를 능가할 만한 사람도 아직 못 보니 한심한 처지요.

혹은 김구 주석의 전기를 꾸미라며 용하게 꾸밀 만

한 사람은 있을 것이오.

또는 독립운동사를 꾸미라며 용히 꾸밀 사람이 있을 것이오. 내지 그 40년간의 조선 사회의 변천을 그리라면 그도 그릴 사람이 있을 것이오. 그러나 '김구'라는 한 노인의 일대기에 배(配)하기를 40년간의 조선의 동태로 하고 이면으로 민족 운동사를 엮어 넣으나 다 아는 바요.

그 지나의 『삼국지』에 대하는 고구려·백제·신라 세 나라의 진역 삼국지를 꾸며보자는 것이오. 고구려 800년, 백제 700년, 신라 1,000년…… 그 기나긴 세월 동안에 이 지역 위에서 활약한 많은 영웅들의 활약상을 얽어 넣어 엮어 내려가면 유례없는 위대한 이야기가 될 것이오. 나의 요만한 미약한 힘이 도저히 감당하기는 힘든 일이지만, 늘 욕심은 동하는 일이오.

연일월(延日月) 2,500년이 넘는 세월 동안에 한토에 기복한 국가가 무려 수백 그를 상대로…… 단군 후손 부여 민족이 살아온 역사…… 역사적 서술을 피하고 전혀 소설화하여 꾸며놓으면 위대한 소설인 동시에 위대한 역사 기록이 될 것이오.

만난을 극복하고라도 만들어보고 싶소. 또한 만들지 않으면 안 될 것이오.

여상의 두 가지 소설……. 꼭 만들어야겠지만, 누구나 생각하지도 않고 있는 형편이니 나만 손 붙이지 않으며 그런 작품은 나와보지도 못할 것이오.

지금 글 쓰기 좋은 집이 생겼으니 이 기회에…… 그리고 죽기 전에…….

어서 날만 다사로워져서 마음에 맞는 방에 나앉아 여상의 작품을…….

혹은 원고지라 혹은 잉크라, 글 쓸 준비를 착착 진행하며 마음은 가속도로 긴장되어 갔소.

그러나 기대하던 봄에 들어서면서부터 우리 집 근처 일대에는 불길한 소식이 들리기 시작하고 그 소문은 나날이 커가고 나날이 농후해 갔소.

즉 이 근처의 일인 가옥은 다 빼앗는다. 일본인에게서 양도를 받은 집이건 또는 군정청에서 제정한 양식 수속(그 법령은 다시 없이했지만)을 밟은 집이건 또는 일인에게서 빼앗은 집이건을 막론하고 본시 일인의 집이던 집은 빼앗는다 하는 것이오.

매일 이른 아침부터 밤까지 미 군용차는 이 일대를 요란스럽게 드나들며 시민들의 안돈을 위협하고 있었소. 뉘 집도 내란다 뉘 집도 내란다, 앞집 뒷집 차례차례로 명령을 받았소.

군정청 발포의 법령에 의지하여 집값을 은행에 공탁하고 인젠 내집이거니 안심하고 있던 사람, 군정청 법령에 의지하여 은행에 임대차 계약을 하고 있던 사람, 누구누구 할 것 없이 합법적과 비합법적을 막론하고 일단 명도령이 내리기만 하면 거기는 인젠 더 무슨 용서할 틈새는 절대로 없소.

"군에서 쓴다는데 무슨 잔말이냐."

"조선 해방을 위해서 많은 피를 흘린 은인이로다."

전혀 조선 해방을 목표로 한 전쟁이었던 듯…….

합법적으로 손에 넣었던 집을 빼앗기고 억울하여 모 부장, 모 국장(조선인들)께 진정 갔던 사람들은 도리어 배은한(背恩漢)이라는 꾸중만 듣고 쫓겨 오고, 경찰에 억류된 사람까지 있었소.

내 민족을 보호해줄 정부를 못 가진 가련한 망국인.

이 너른 우주에서 '유태' 민족과 함께 정부 없는 인생이 된 우리는 다만 실력자의 하라는 대로만 움직일밖에는 없었소.

이러한 가운데서 '나'만은 뱃심 좋게 안심하고 있었소. 왜?

아무리 군정하라 하기로서니 그래도 부장이 처리한 일이다. 공식증여가 아니요 비공식 대여라 할지라도 그래도 '부장'의 낯을 보아서라도……. 이것이 한 가지의 이유이고, 그 위에 또한 아메리카의 문화에도 희망을 두었소.

나의 30년간의 문화 공적에 대한 상여라는 의미로 준 집이니 문화를 존경할 줄 아는 인종이면 무슨 생각이 있으리라…… 이런 뻔뻔스러운 생각이었소.

뻔뻔스러운 기대를 가지고 그래도 전전긍긍 그 소위 지프라나 하는 소형차가 내 집 근처에 정거할 때마다(매일 수십 번씩이오) 깜짝깜짝 놀라면서 불길한 날을 보내고 있었는데, 어떤 날 외출하였다가 돌아오니 우리 집 대문간에도 '○○숙사'라는 커다란 나무판이 걸렸소.

참으로 기분 나쁜 나무쪽이오. 현재 사람이 거주하고 있는 집에 일언반구의 말도 없이 이런 나무쪽을 갖다 걸고 이로써 너희 집도 내놓으라는 통고를 대신하는 것이, 즉 '결정적 통고'나 일반이다 하니 기가 막히오.

그러나 ○씨라는 적잖은 배경을 가지고 있는 나라 이를 호소하려 ○씨를 찾아갔소.

내 이야기와 사정과 호소를 다 들은 ○씨는 천장을 우러르며 긴 한숨 한번을 쉰 뒤에,

"일껏 김 선생의 편의를 보아드렸지만 군에서 쓴다면 할 수 없지요."

하며 이어 저 사람들의 비위를 거슬리지 말고 어서 이사갈 집이나 물색하라는 것이오.

나는 ○씨에게 더 무슨 요구나 희망이나 불평을 말하지 아니하였소. 한댔자 쓸데없을뿐더러, ○씨를 괴롭게 하는 데 지나지 못할 것이므로…….

1945년 8월 15일에 느꼈던 감격과 감사는 모두가 헛것이었소. 다만 '망국인'이라는 커다란 그림자가 우리를 지배할 뿐이오. 광공국장으로도 집 한 채 좌

우할 실권을 못 가진 가련한 인종임이 스스로 울 뿐이오. 그로부터 며칠 뒤, 그래도 집을 거저 내놓기는 차마 어려워서 한 장의 진정서를 초하여 이 지정의 최고 권력자에게 사정하고자 그의 비서관 L씨에게 이를 부탁하였소.

"되고 안 되는 건 모르지만 이 진정서를 그(최고 권위자)에게까지 제출이나 해달라."

고 다짐다짐을 비서관에게 하였소. 한 주일쯤 뒤에 그 결과를 알려 비서관을 찾았던 나는 여기서 한 전형적 '망국인'을 발견하였을 뿐이오. 그(비서관)는 내 진정서를 자기 혼자서 보고 자기의 뜻으로 그냥 삭여 버리고 내게 대해서는 상관께 보였지만 머리를 가로 젓더라는 대답을 한 것이었소. 자기에게 이해관계가 없는 일에 추호만치라도 상관을 시끄럽게 하지 않으려는 비서관의 충성이오.

이리하여 서로 말이 통하지 못하는 행정자와 민중의 사이에 끼여 있는 비서관의 충성으로 행정자와 민중 사이의 오해는 생기고 커가는 것이오.

전쟁 잉여물자가 많고 많을 터인데 하필 칠면조와

버터, 잼 등을 빚낸 돈으로 사들인다는 희극도 이런 데서 생겨났을 게요.

“쌀이 부족하거든 고기나 과일, 채소 등을 먹으면 좋을 터인데 쌀만 부족하다고 야단하는 조선인의 심리를 모르겠다.”
는 말의 원인은 여기 있을 게요.

그저 그렇습니다, 옳습니다로 상관의 비위만을 맞추려는 통역자가 가운데 끼여 있으니 민중의 하소연은 위에까지 가보지도 못하는 형편이오. ‘조선인민은 군정에 열복해 있다’는 맥아더 원수의 국무성으로의 보고도 이 통역자들의 ‘그렇습니다, 옳습니다’에서 나온 결론에서 생겨났을 것이오.

일제 시절에는 그래도 서로 말, 언어가 통하여 이쪽 의사를 저쪽에 알릴 수 있고 저쪽 의사를 이쪽이 알 수 있었으니 서로 오해는 없이 살아왔으나, 지금은 다만 저들의 눈에는 우리는 미개인일 따름이요 우리의 눈에는 저들은 다만 군인일 따름이오.

‘돼지에게 진주를 던지지 말라. 돼지는 진주의 무엇임을 알지 못하나니’라는 격언을 가지고 있는 저들의 눈에는, '문학 돼지', '기술 돼지', '거지 돼지' 등의 우열의 구별이 안 보일지라, 무슨 협회 무슨 동맹의 총재며 위원장이라는 이들의 쟁쟁한 부류의 사람일지라도 사소한 일로 수감, 구류 등 처분을 하기가 일쑤요 좀 우수한 돼지라고 대접해준다는 일 등은 꿈에도 생각하지 않을 것이오.

30년간의 조선 문학에 대한 공로로 운운은 저들에게는 다만 아니꼽고 구역나는 수작일 뿐일 것이오. 그와 마찬가지로 우리의 눈에는 저들은 다만 총질할 줄 아는 사람일 뿐이라 역사도 전통도 문화도 못 가진 갑작부자일 뿐이오.

이 중간에 끼여 있는 통역자란 사람들이 또한 다만 망국인 근성을 가진 뿐이지, 이쪽으로의 민족애도 저쪽으로의 진실한 충심도 없는 사람이라, 지금의 우리의 형태는 다만 뒤죽박죽일 뿐이오.

이 문제는 이만치 걷어치우고 과거 일제시대보다도 글 쓰는 관문은 어떤 방면으로는 더 좁아져서 걸핏하면 처벌이오. 이 글도 더 진전하다가는 처벌 받을 근심이 있으니 이만치 하고 과거에는 그래도 이모

저모로 어떤 정도까지 대접도 있고 보는 데도 있었거니와 지금은 김 주석일지라도 이 박사일지라도 또는 앞집 김 서방 뒷집 이 서방 모두 일시동인하의 공평무사한 세상이라 김 주석, 이 박사일지라도 '무허가 집회'라는 사소한 죄목으로라도 수감당하기를 면하지 못하는 세상이니 김동인이 붓끝 경솔히 놀렸다고 군정 비방에 참작이 있을 까닭이 없으니 쉬쉬해두고.

좌우간 숱한 기대와 희망과 계획을 가졌던 그 집에서도 '그 일'에는 착수도 못해보고 전전긍긍한 1년을 보내다가 쫓겨나왔소.

얌전한 서재가 있는 주택을 대신으로 구해주마는 조건으로 명도 승낙을 받은 뒤에는 전언(前言)은 곱다랗게 식언하고, '네가 한 채(이중 점유한 적산)를 골라내면 그 집을 비워주마'하는 두 번째의 제의에 또 속아서(이것이, 즉 이 점진적 정책이 그들의 특기요) 이리저리 물색하여 집 한 채 골라내더니 이번은 또 네가 경기도 주택과에 가서 그것을 얻도록 수속해보라는 것이오.

집 문제로 빙빙 돌아다니는 두 달 동안, 그들의 정

책의 교묘하고 용함에 절실히 감복하였소. 따질 듯 따질 듯 미끼는 곧 코앞에 달려 있는 듯하지만 막상 따려면 쑥 미끼는 물러가고…… 그래서 아주 실망도 주지 않고 그냥 희망을 계속하면서 절망의 최후 장소까지 끌려가게 하는 교묘한 수단.

그 수단에 밀려서 나는 지금 그 숱한 기대와 희망과 계획을 가지고 들었던 집에서 쫓겨나서, 한 오막살이를 구해 들었소.

너 나 할 것 없이 모두 망국인…… 망국인에게는 이 오막살이나마 과람할지 모르나 적어도 내 있던 집을 빼앗은 사람에게는 그렇게 보일 것이오.

망국인에게는 수[雄]와 암[雌]의 구별은 있을지언정 다른 구별이 있을 까닭이 없으니 우수한 인종이 입주하려면 마땅히 물러서는 것이 당연할 것이오.

그들이 가까이 사귀고 고문 삼아 의논하는 이 나라 사람들로 미루어 보아서 짐작할 수 있는 세계의 가장 열등의 민족에게는 오막살이일지라도 너무 거룩할지도 모르오.

무슨무슨 처장, 무슨무슨 장…….

그들이 마주 사귀고 의견 교환을 할 수 있는 이 나라 인종은 민족적으로는 아메리카 토인보다도 민족애에 결핍되고 단결력이 없고 서로 깎고 할퀴기만 위주하는 유례없는 망종임을 영리한 그들은 인젠 너무도 명료히 알았을 것이다.

'그대들은 이 땅에 와서 왜 가장 이 땅의 열등 인종과만 사귀고 그 국부적인 좁다란 지식으로서 이 땅이 민속을 율(律)하려 하는가.'

이런 질문이나 항의는 그들에게는 무의미한 것이오. 그들은 이 땅과 이 민족을 속속들이 다 알았노라 스스로 굳게 믿고 있소. 과일이나 고기나 우유등속도 좀 혼식하지 않고 쌀 부족하다는 앙탈만 한다는 그만한 지식으로.

다만 내게 있어서 그냥 아깝고 애석한 것은 조용히 글 쓸 방을 잃고 그 때문에 수십 년 숙망을 그냥 보류해두지 않을 수 없는 일이오.

내 나이 벌써 마흔여덟, 평소에 병 많고 약하여 언제 죽을지 모를 몸이 평생 벼르던 글을 쓸 기회를 또 잃은 일이오.

그러나 엎어져도 망국인, 자빠져도 망국인…… 이 망국인이 망국이라 하면 언뜻 나설 사람이 없을 것이오.

낸들 그 자신까지야 있으리오만 그래도 이렁저렁 흉내쯤은 낼 것 같은데 나만한 사람도 생각이 안 나는 형편이오.

남녀의 정사로 혹은 회고적 센티멘털리즘으로, 또는 한때 한때의 기지로 독자를 미혹할 비술을 농락하는 수완이 용한 작가는 꽤 여럿 꼽을 수 있으나 스케일이 크고 선이 굵은 작가는 왜 그렇게도 나지를 않소?

맡길 만한 작가도 생각나지 않거니와 내 욕심으로도 꼭 내 손으로 만들어 놓고 싶소.

내가 세상에 다녀갔다는 표적을 남기기 위해서라도 한 개의 대작은 써야겠는데, 나이가 쉰이 내일모레고 게다가 맨날 몸이 약하여 언제 죽을지 모르는 위태로운 삶을 살아가는지라, 조급한 생각이 날 때도 있소. 쓸 만한 적임자도 얼른 생각나지 않거니와 그런 일을 소설화할 의도나 흥미를 가진 작가가 대체 있기나 한지.

그런지라 민족적 대기록으로 남겨야 할 1910~1945년간의 사실은 내가 남기지 않으면 혹은 조선총독부의 공문서거나 수필식 기록은 있을지나 소설화된 기록으로는 남지 못할는지도 모르오. 그 시대를 몸소 겪은 한 작가로서, 이 대사실을 소설화하지 못하는 것은 작가적 양심이 허락하지 않는 바요.

이것과 또 한 개 꼭 내 손으로 만들고 싶은 그리고 또 만들어야 할 소설은…….

진역(震域) 삼국지요. 위와 촉과 오의 세 나라가 일어난 데서 비롯하여 망할 데까지를 엮은 것이 한토(漢土)의 삼국지요 사마씨의 역사 『삼국지』와 함께 소설 『삼국지연의』가 있는 것쯤은 조선 사람 누구 기록 하나를 더 쓰면 무얼 하고, 이 망국이 호화롭던 예전의 꿈 이야기 한 토막을 쓰면 무얼하리오.

다만 망국한을 그냥 홀로 울고 있을밖에는 없을 것이오.

# 송동이

송 서방의 아버지도 이 집 하인이었다.

송 서방은 지금 주인의 증조부 시대에 이 집에서 났다. 세 살 적에 아버지를 잃었다. 열 살 적에 어머니를 잃었다. 이리하여 천애의 고아가 된 그는 주인(지금 주인의 증조부)의 몸심부름을 하기 시작하였다.

그 옛 주인 황 진사는 이 근방의 세력가요 재산가였다. 사내종과 계집종도 많이 있었다. 그러나 송동이의 충직함과(좀 미련한 듯하고도) 영리함은 가장 주인 황 진사의 눈에 들었다. 어린 송동이의 충직스러운 실수에 황 진사는 수염을 쓰다듬으며 웃고 하였다.

송동이는 열여덟 살에 그 집 계집종 춘심이와 눈이

맞아서 마지막에는 둘이서 이 집을 달아나려 하였다. 그러나 그래도 그렇지 못하여 주인 황 진사에게 낱낱이 자백하였다. 황 진사는 웃고 말았다. 그리고 둘을 짝을 지어주었다.

그러는 동안에 어느덧 송동이는 변하여 송 서방이 되었다. 그냥 송동이라고 부르는 사람은 늙은 황 진사뿐이었다.

송 서방이 스물한 살 때에 그는 그의 첫 주인을 잃었다. 황 진사가 세상 떠날 때에 유언으로써 춘심이는 속량되었다. 그리고 깃부[衿付]로 송 서방에게 산골 밭 사흘갈이가 왔다. 그러나 그는 이 집을 나가려 아니하였다.

자기가 난 집, 자기가 자란 집, 자기가 장가든 집, 자기 아버지와 어머니가 죽은 집, 그 집을 떠나서는 송 서방은 갈 데가 없었다. 그는 둘째 주인 새황 진사를 섬겼다.

새 주인도 자기 아버지의 성질을 그대로 타고나서 몹시 인자한 사람이었다. 더구나 송 서방하고는 같이 길러난 사이였다. 이름은 주인이라 하나 송 서방을 대접하기를 벗과 같이 하였다.

30년이라는 세월이 고요히 지나갔다. 세월은 고요히 지나갔으나, 그동안의 사람과 세상의 변함은 이루 다 말할 수가 없었다. 양반과 상놈이 없어졌다.

각 곳에 학교가 생겼다. 관찰부가 없어지고 도청이 생겼다. 주사가 없어지고 서기가 생겼다. 상놈도 의관을 하였다.

황 진사가 사는 K읍도 무섭게 변했다. 10리 밖으로 기차가 지나갔다. 읍내의 군청이 보통학교가 되고, 군청은 따로 집을 짓고 이사 갔다. 모두들 머리를 깎았다. 여인의 삿갓과 장옷도 없어졌다. 여인의 머리로 볼지라도 곱다란 수건이 어떻다고 한동안 방석같이 둥그런 민머리, 그 뒤에는 쪽 비슷한 머리를 한 여학생들이 간간 보였다. 재래의 갖신이라 하는 것은 그 그림자조차 볼 수가 없었다.

이러는 동안에도 황 진사의 집만은 아무 변동도 없었다. 위아랫 사람의 상투도 그냥 있었다. 4대째 외꼭지로 내려오는 외아들의 교육도 선생을 따로 데려다가 집안에서 한학을 가르쳤다. 역시 상놈 보기를 사람 이하로 보았다. 다만 때때로 버릇 모르는 상놈을 잡아다가 볼기를 때리던 일이 없어진 뿐이었다.

세계를 휘돌아서 수만의 목숨을 잡아간 돌림고뿔이 이 K읍에도 들어왔다.

들어오면서 황 진사를 잡아갔다. 송 서방은 셋째 주인을 섬기게 되었다. 이 셋째 주인은 누가 명명하였는지 모르지만 '황 주사'가 되어 버렸다. 그를 그냥 '작은 황 진사님'이라고 부르는 것은 그의 작인이며 아랫사람들뿐이었다. 세상에서는 '주사'라 불렀다.

주사가 들어앉은 뒤에는 이 집에도 큰 변동이 일어났다. 그때 주사는 갓 스무 살이었다. 그는 머리를 깎았다. 삼년상을 겨우 치르고 나서는 공부한다고 서울로 갔다. 겨울에 돌아올 때 그는 양복을 입었다.

그러나 이듬해부터 그는 방탕을 시작한 모양이었다. 어디 커다란 땅이, 동척의 손에 들어갔다가 노마님과 아씨님이 수군거리며 걱정하는 것을 송 서방은 들었다.

그 뒤 얼마 지나지 아니하여 또 어디 땅이 뉘 손에

들어갔단 말을 들었다.

황 주사는 때때로 땅을 처분할 일이 있을 때만 집에 돌아왔지, 그 밖에는 대개 서울, 평양 등지에 있었다.

10년이라는 세월이 또한 흘러갔다.

대대로 몇 대를 이 근방의 재산가요 세력가이던 황씨의 집안은 볼 나위가 없이 되었다. 토지는 거의 남의 손에 넘어가고, 남은 것이 얼마가 안 되었다. 종들도 모두 팔았다. 집도 사랑채를 따로 떼어 팔고 하여 지금은 노마님의 큰방과 주사의 아내와 어린아이들이 있는 건넌방과, 행랑과, 송 서방의 방, 그 밖에는 부엌과 청간뿐이었다.

송 서방에게는 거짓말과 같은 변화였다. 모든 일이 다 머리에 잘 들어박히지 않는 것이 꿈의 일과 같았다.

그러한 기나긴 변천은 많은 세월을 송 서방은 한결같이 충성을 다하여 섬겼다. 지금 주인은 그가 업어 길렀다. 노마님은 그가 장성한 뒤에 시집온이였다. 아씨는 그가 50이 넘은 뒤에 이 집에 온 사람이었다. 모두가 그에게는 귀여운 사람…… 만약 주종이라 하는 관계만 없으면 아들딸이나 손주와 같이 사랑스러운 사람들이었다.

그것은 온 조선에 가뭄이 심하고 각 곳에 염병이 돌던 해였다.

그해 가을, 가을해도 거진 서산으로 넘게 되었을 때에 황 주사의 집에 인력거가 한 채 와 닿았다. 그리고 거기서는 무섭게 여윈 황 주사가 내렸다.

얼굴은 선독과 같이 시뻘겠다.

"나리님."

송 서방은 주인을 알아보고 뛰어나갔다. 황 주사는 머리를 끄떡할 뿐 송 서방의 팔에 쓰러졌다.

"나리님, 어디가……."

"방으로……."

모깃소리와 같은 소리였다. 송 서방은 황급히 주인을 안아다가 건넌방으로 들어 모셨다. 주인은 그 자리에 쓰러져서 그냥 앓기 시작하였다. 그는 무서운 염병에 걸려서 집으로 찾아 들어온 것이었다.

집안은 불끈 뒤집혔다. 춘심이(송 서방의 아내)는

더구나 자기가 업어 기른 주인이라 잠시도 곁을 떠나지를 않고 간호하였다. 그러나 천명은 할 수가 없었다. 집에 돌아온 지 보름 만에 그는 마침내 자기의 선조의 뒤를 따라갔나.

그러나 이것뿐으로 비극은 끝 안 났다. 주인을 간호하던 춘심이도 병에 전염되었다. 그리하여 주인의 장례를 치른 사흘 뒤에 송 서방을 남겨두고 저 세상으로 갔다.

집안은 죽은 듯이 고요해졌다.

노마님은 큰방에 꾹 들어박혀서 담뱃대만 연하여 털었다. 아씨도 건넌방에서 나오지를 않았다. 열 살 나는 당주(當主)[5]조차 학교에서 돌아와서는 책보를 내던지고 혼자서 뜰을 비슬비슬 돌 뿐이요, 어린애답게 노는 때가 없었다.

집안은 저주받은 집안 같았다. 이 집에 기르던 한 마리의 개조차 낯선 사람을 보면 짖을 생각은 못하고

---

5) 지금의 주인

꼬리를 끼고 끙끙하면서 부엌 구석으로 들어와 숨곤 하였다.

저녁만 먹으면 모두 자리를 펴고 눕는다. 그러면 캄캄한 이 집안에 건넌방 윗창문 안에만 조그마한 아주까리 등잔불이 보이고 그 안에서는 당주 칠성의 글 외는 소리가 밤하늘에 낭랑히 울려 나온다. 이것은 그 쓸쓸한 집안으로 하여금 더욱 처참한 빛이 돌게 하였다. 제각기 이야기하기도 피하였다.

며느리는 사람의 살아가는 도리로서 아침에 잠깐 시어머니의 방에 들어가 뵈는 뿐 서로 한자리에 앉기를 꺼렸다. 송 서방은 이러한 경우에 당연히 주인마님들을 위로하는 것이 그의 직책이겠지만, 그리고 또 그에게 그런 마음은 간절하였지만 그런 자리에 들어서기가 오히려 민망스럽고 거북하였다.

송 서방도 할 수 있는 대로 서로 대면할 기회를 피하였다.

마치 빈집과 같았다. 끼니때만 행랑 사람이 들어와서 밥을 짓고는 곧 나가고, 그때부터 뜰에는 사람의 그림자 하나 얼씬 안 했다. 그러다가 오후가 되어서

야 학교에서 돌아온 칠성이가 혼자서 뜰을 비슬비슬 돈다. 같은 햇빛이 이 집 뜰에도 비치기는 비쳤다. 그러나 그 햇빛조차 이 집 뜰에 비치는 것은 별로 누렇고 낡었다. 거미줄이 사면에 얽혔다.

이러한 가운데, 그해 섣달도 갔다. 만둣국 한번 끓여 먹지 못한 정월도 갔다.

이러한 모든 것이 송 서방에게는 꿈이요, 수수께끼였다.

뽕밭이 바다가 된다는 말은 있지만, 그 한때에 호화롭던 황 진사의 집안이 오늘날 이렇듯 쓸쓸한 집안이 되리라고는 알지 못할 수수께끼였다. 집안에는 맨날 사랑손님이 끊이지 않았고, 뜰은 아침 온 사람들과 하인들이 우글우글하며, 사랑에는 늘 가무가 요란하며, 안방에는 웃음소리가 없는 때가 없던 한창 당년의 그때가 생시라면 오늘날의 이 모양은 꿈이라고밖에는 해석할 수가 없었다. 만약 오늘날의 이 모양이 생시라면 그때의 그것이 모두 꿈이었던 것이었다. 서슬이 푸르른 그 당시의 그 형태 그대로는 바라지 않으나마 주사 떠나기 곧 전의 집안과 오늘의 집안을 비교하여도 또한 말이 아니었다. 나날이 줄어들어가는 재산을 볼 때에 노마님과 아씨의 사이에 암담한 구름이 떠돌지 않는 바도 아니었다.

그러나 재간 있고 영리한 춘심이의 휘돌아가는 서슬에는 집안은 뜻하지 않고 웃음이 터지고 하였다. 최근 몇 해 동안은 이 집안은 춘심이 때문에 화기가 있었다. 종? 누가 춘심이를 종이라 할까. 아씨는 춘심에게 깍듯이 예를 하였다. 노마님조차 춘심에게는 하게를 하였지, 오냐는 못하였다. 춘심이는 이 집안 식구이지 결코 종이 아니었다. 그리고 이 집안에 일어나려는 암담한 구름을 헤쳐버리고 집안으로 하여금 화락하게 하는 춘심이는 가장 귀한 돌쩌귀였다. 이러한 귀중한 돌쩌귀를 잃어버린 이 집안은 다시 웃음의 꽃 필 날이 없었다. 암담한 구름은 퍼질 대로 퍼졌다.

송 서방은 때때로 노마님의 방 앞에 가 서서 입을 머뭇머뭇 해보았다. 아씨의 방 앞에도 가보았다. 그러다가는 춘심이를 생각하고 한숨을 쉬고 돌아서곤 하였다. 그는 도저히 돌쩌귀가 될 자신이 없었다.

그것은 봄이라기에는 좀 이르고, 겨울이라기에는 좀 늦은 음력 2월 중순께였다. 뜰에 나갔던 송 서방은 담장 위에 고양이 새끼가 한 마리 웅크리고 앉아 있는 것을 보았다. 송 서방은 처음에는 재수 없다 하여 돌을 집으려다가 다시 돌이켜 생각하고 '오누, 오누' 하며 손을 내밀었다. 고양이는 그 자리에 앉은 채로 눈을 가늘게 떴다. 송 서방은 가만히 가서 잡았다.

검정 고양이였다. 발과 코끝만 겨우 좀 희지, 그 밖에는 온통 검은 고양이였다. 고양이 새끼는 송 서방의 커다란 손바닥 위에 올라앉아서 배고프다는 듯이 송 서방의 얼굴을 쳐다보았다.

그는 고양이를 자기의 방에 집어넣고, 부엌에 가서 밥 한술과 반찬 부스러기를 뜯어가지고 자기 방으로 왔다. 주렸던 고양이는 코를 고르르 고르르하면서 순식간에 다 먹고 또 달라는 듯이 송 서방을 쳐다보았다.

"발세 다 먹었니? 또 달라고?"

고양이는 거기 대답하는 듯이 꼬리를 뻗치고 머리로써 송 서방의 무릎을 문질렀다.

송 서방은 두 번째 밥을 갖다주었다. 그리고 그것을

다 먹기를 기다려서 커다란 손으로 등을 쓸어주었다. 고양이는 엉덩이를 높이 들고 꼬리를 뻗치고 연하여 송 서방의 무릎을 머리로 문질렀다.

"논 사줄까, 밭 사줄까."

송 서방은 고양이의 허리를 쥐어서 높이 쳐들었다. 몇 달 만에 처음으로 웃음이 그의 입에 떠돌았다.

이리하여 이 집안 식구에 고양이가 한 마리 더 늘었다.

봄이 되었다. 고양이는 놀랍게 컸다. 그는 송 서방에게서 까맹이라는 이름까지 얻었다. 고양이는 그 집의 개와도 친해졌다. 처음에는 개가 도리어 꼬리를 끼고 숨고 하였지만 어느덧 서로 친근해졌다. 작년 가을에서 겨울에 걸쳐서, 사람의 그림자 하나 얼씬 안 하던 이 집 뜰에는 때때로 고양이와 개가 희롱을 하며 뛰놀았다.

봄은 과연 좋은 시절이었다. 아씨는 역시 문을 굳게 닫고 나오지 않았지만, 노마님은 때때로 나와서 담배를 피우면서 개와 고양이의 희롱을 보았다.

"개하구 괭이하구 데리케 의가 둏구나."

하면서 기다란 담뱃대로 개를 때리는 시늉을 하였다. 이런 것을 볼 때마다 늙은 송 서방은 기쁨에 얼굴을 붉히고 하였다.

"오누, 오누."

"양……"

"이리 온."

이리하여 커다란 손으로 까맹이를 움켜쥔 다음에는,

"논 사줄까, 밭 사줄까."

하면서 까맹이의 허리를 힘 있게 쓸어주고 하였다.

지금의 송 서방에게는 까맹이가 유일의 벗이었다. 그리고 유일의 하소연할 곳이었다. 춘심이가 살아 있을 때에는 송 서방은 근심이 있을 때나 기쁨이 있을 때나 춘심이에게 의논하였다. 그리고 춘심이의,

"에이구, 이 문둥이."

하는 한마디의 말은 그에게 기쁨이 있을 때는 그 기쁨을 곱되게 하는 말이었으며, 그에게 근심이 있을 때는 그 근심을 사라지게 하는 말이었다.

까맹이는 춘심이의 대신이었다. 무슨 마음에 맞지 않는 일이나 근심이 있을 때에 방으로 돌아와서 문을

방싯이 연 뒤에,

"오누, 오누."

하여서,

"야……"

소리가 나야만 그는 마음을 놓고 방 안에 들어갔다. 그리고 커다란 손으로 힘 있게 윤택 좋은 까맹이의 등을 쓸어주었다. 까맹이가 코를 구르며 뒷다리에 힘을 주면서 콧잔등으로 송 서방의 손이나 무릎을 문지르면 그는 까맹이의 허리를 움켜쥐고 높이 쳐들었다.

"논 사줄까, 밭 사줄까."

그러나 집안의 음침한 기운은 역시 없어지지를 않았다.

칠성이는 개나 고양이와도 안 놀았다. 때때로 개나 고양이가 저희들이 놀던 밑에 어떻게 칠성이를 건드리기라도 하면 그는 발을 들어 차고 하였다.

그리고 혼자서 집 기둥을 어루만지며 혹은 담장을 쓸면서 놀았다. 그러다가는 거미를 잡아서 싸움을 붙이고 하였다.

아씨는 역시 두문불출하였다. 간간 시어머니가,

"너두 양지께에 좀 나와 보렴."
하면,
"싫쉐다."
느릿느릿한 말로 이렇게 대답할 뿐 문을 열어보려고도 아니하였다.
담장 안에 살구꽃이 피었다. 그러나 꽃이 질 때에는 그 열매조차 한꺼번에 다 떨어졌다. 이것은 확실히 흉조였다. 그러나 이것을 아는 사람은 송 서방밖에는 없었다. 송 서방밖에는 위를 쳐다보는 사람이 없었다.
송 서방도 나날이 음침해졌다. 집안사람끼리 서로 말을 사귀는 일조차(며칠에 한 번씩이나 있을까) 드물었다. 집안에서 말소리라고는 밤중에 칠성이의 글 외는 소리밖에는 듣기가 힘들었다.
이러한 가운데서 송 서방은 모든 사랑하던 사람을 잃고 혼자 남은 외로움을 절실히 느꼈다.
"오누, 오누."
"야……."
"이리 온."
까맹이에 대한 송 서방은 사랑은 날로 늘었다.

봄도 다 가고, 여름이 되었다. 그러나 집안의 음침한 기운은 그냥이었다.

고양이와 개의 희롱에도 인젠 염증이 났는지 노마님도 다시 마루께에 나오는 일이 적었다.

어떤 날 일이 없이 허든허든 거리에 나갔던 송 서방은 어떤 장난감 집에서 총을 보았다. 그것은 콩알을 넣고 쏘는 어린애의 장난감으로서, 그런 것은 대개 칠색이 영롱하게 채색을 하는 것인데 이것은 검은 단색이었다. 그것을 물끄러미 들여다보고 있다가 송 서방은 문득 도련님을 생각하였다. 그리고 그런 장난감이라도 있으면 혹은 기뻐할지도 모르겠다 하여 주머니를 털어서 그것을 사가지고 돌아왔다.

집에서 돌아와서 보매 칠성이는 어느덧 학교에서 돌아와서 기둥을 어루만지며 혼자서 놀고 있었다. 송 서방은 광에 가서 콩을 한 줌 집어내다가 한 알 넣고 살구나무를 향하여 쏘았다. '딱' 소리에 칠성이는 돌아보았다.

그리고 송 서방은 손에 든 것을 한번 유심히 들여다본 뒤에는 도로 돌아서고 말았다.

"칠성이, 너 이거 안 가지간?"

송 서방은 몹시 미안한 듯이 어깨를 들먹거리며 가까이 가서 돌아서 있는 칠성의 앞으로 그 총을 내밀었다. 칠성이는 그 총을 한번 어루만져보고 송 서방의 얼굴을 힐끗 돌아다보고는 다시 말없이 돌아섰다.

"너 줄까? 이걸루 쏘면 새라두…… 새는 안 죽을까, 나비라두 당장에 죽는단다."

그런 뒤에 그는 슬며시 그 총을 칠성이의 앞에 놓은 뒤에 자기 방에 돌아와서 문을 방싯이 열고 내다보았다.

칠성이는 처음엔 그것을 가만히 만져보았다. 그리고 사면을 살핀 뒤에 뜰에 아무도 없는 것을 보고 그것을 들었다. 그런 뒤에 송 서방이 놓고 들어간 콩을 한 알 넣어서 쏘아보았다. 딱! 한 번 몸을 흠칫한 칠성이는 다시 한 알 넣어서 쏘아보았다. 또 딱!

두어 번 시험을 해본 칠성이는 흥이 났는지 송 서방이 놓아둔 콩을 주머니에 집어넣은 뒤에 뜰을 이리저리 돌아다니며 닥치는 대로 쏘았다. 이리 왔다 저리 갔다, 그것은 근래에 없던 칠성이의 활발한 모양이었다.

이것을 문틈으로 내려다보던 송 서방은 너무 기뻐서 어찌할 줄을 몰랐다.

"오누, 오누."

"야……."

"이리 온."

그는 그 커다란 손으로 까맹이를 움켜쥐고 높이 쳐들었다. 까맹이는 높이 들려서 연하여 아양을 부리느라고 야— 야— 하였다.

"논 사줄까, 밭 사줄까."

이튿날 아침에 송 서방이 깨어보니 도련님은 벌써 일어나서 뜰에서 장난을 하고 있었다. 어디서 거미를 이삼십 마리 잡아다놓고 총으로 쏘아서는 터뜨리고 터뜨리고 하였다.

학교에 갔다 와서도 칠성이는 총 장난을 하였다. 뜰에는 거미 죽은 것이 많이 널렸다.

그러나 이 총이 이 집안에 비극을 일으킬 줄은 뜻도 안 하였다.

칠성이는 닷새가 지나지 못하여 그 총에 싫증이 생긴 모양이었다. 그래서 그 총을 해부해보려고 이리 뜯고 저리 뜯다가 그는 총이 튀어나면서 쇳조각이 날아드는 바람에 빰에 커다란 상처를 받았다.

칠성이는 울지도 않았다. 그의 입은 봉쇄된 듯이 밤중에 글 욀 때밖에는 열려보지를 못하였다. 빰에 상처를 받은 칠성이는 손으로 그 상처를 누르고 방 안에 들어가버렸다. 그리고 그대로 이불을 쓰고 누웠다.

이튿날, 학교에 갔던 칠성이는 한 시간만 하고 돌아와 다시 자리 속에 들어갔다. 그의 빰은 무섭게 부었다. 몸에는 열이 났다.

송 서방은 무안하기가 짝이 없었다.

그날 밤 우연히 밖을 내다본 송 서방은 아씨네 방에 언제든 윗창에만 조금 불이 보이던 것이 아랫창 안에도 불이 보이는 것을 발견하고 가만히 나가서 그 문 밖에 가서 엿들었다.

"아프니?"

"아파"

"글쎄, 덧날래는 게루구나."

그러고는 연하여 도련님의 신음 소리가 들렸다.

"글, 쎄, 그, 런, 건, 왜, 사, 준, 담."

느릿한 아씨의 목소리였다.

밖에서 이런 이야기를 듣는 송 서방은 무안하고 민망스러웠다.

'그걸 사준 것이 내 잘못인 모양이야.'

그는 밤새도록 그 방문 밖에 허리를 구부리고 서 있었다.

기침이 나올 때만 잠깐 저편 쪽에 가서 기침을 하고는 다시 문밖으로 돌아왔다.

칠성이의 상처는 마침내 고름이 들었다.

노마님도 건넌방으로 건너갔다. 그러나 시어머니와 며느리 사이에는 역시 말이 없었다. 칠성이의 신음하는 소리밖에는 말이 밖에 나오는 것이 없었다.

그들은 의사도 청해오지 않고 검은 약으로 다스렸다. 의사가 오면 째어서 병신을 만든다 하여 꺼렸다.

송 서방은 밤이고 낮이고 그 문 밖에 웅크리고 서

있었다. 때때로 늙은 눈을 섬벅거리면서 그 총을 사준 것이 자기의 실수였나 생각해보았다. 자기 딴에는 그래도 도련님을 위로하기 위하여 사준 것이었다. 그것이 이와 같은 결과를 낳으리라고는 뜻도 안 하였다. 그는 이 풀지 못할 수수께끼를 눈을 섬벅거리면서 생각하다가 정 기가 막힐 때에는 또한 까맹이를 찾았다.

아무도 송 서방에게 말을 걸치는 사람이 없었다. 그것은 칠성이가 부상하기 전부터도 그러하였지만 지금에 이르러서는 그것이 송 서방에게는 더 민망스러웠다. 오히려 한번 불러서 꾸짖어주면 얼마나 송 서방은 마음이 놓였을까.

한 주일이나 신고(辛苦)를 한 뒤에 도련님은 뺨에서 고름을 한 공기나 내고 좀 차도가 있었다. 그날 밤은 노마님도 큰방으로 건너갔다.

오랜 간만에 좀 마음 놓고 자리에 누운 송 서방은 정신을 못 차리고 잠이 들었을 것이었지만, 공연한 흥분으로 밤에 여러 번 소스라쳐 깨었다. 밤이 몹시 깊어서 또 한 번 못된 꿈에 소스라쳐 깬 그는, 깬 기회에 변소에라도 다녀와서 다시 자려고, 문밖에 나섰다.

그는 그때에 의외의 일을 발견하였다. 연여(年餘)를 두고 불 켜본 일이 없는 노마님의 방에 불 그림자가 어른어른하는 것이었다. 처음에는 담배를 잡숫느라고 성냥을 그었나 하였지만, 성냥불이라기에는 너무 오래가는 것을 보고 송 서방은 발소리를 감추고 그 방 앞에 가서 귀를 기울였다. 그 방 안에는 확실히 어떤 알지 못할 사람의 소리가 있었다.

"요것밖에는 없지?"

"……"

"없어?"

"예……"

노마님의 소리는 듣기 힘들도록 작았다.

"돈두 없구? 거짓뿌리했다는 죽인다."

"없소……."

그것은 정녕코 강도였다. 그것이 강도인 줄 깨닫는 순간, 송 서방의 숨은 긴장으로 딱 막혔다. 그것을 진정할 겨를도 없이, 무슨 몽치라도 하나 얻으려고 돌아서려던 그는, 강도의 나오는 기척을 듣고 그 토방 아래 납작 엎드렸다.

그다음 순간, 이 뜰에서는 무서운 활극이 일어났다. 엎어졌다 젖혀졌다.

두 사람은 침묵 가운데에서 성난 소와 같이 싸웠다. 강도의 하나는 담장을 넘어서 달아났다.

송 서방은 칼을 몇 군데 맞았다. 그러나 비록 늙었기는 할망정, 그의 굵은 팔과 커다란 손은 급한 경우에는 아직 쓸 힘이 넉넉히 남아 있었다. 부엌에서는 개가 숨을 자리를 찾느라고 끙끙 기며 돌아갔다. 노마님은 점잔도 잊어버리고 행랑 사람을 부르느라고 고래고래 소리를 질렀다. 그러한 가운데에서 송 서방은 마침내 강도를 때려눕혔다.

때려는 눕혔으나 몇 군데에 받은 상처는 그로 하여금 정신을 잃게 하였다.

"마님, 잡았쉐다."

장한 듯이 이 말 한마디를 할 뿐, 그는 그 자리에 혼도하였다.

이, 한집 안에 살면서도 사람같이 서로 사귀는 일이 없던 음침하던 집안은 강도 사건 뒤에 조금 따뜻한 맛이 돌았다.

이튿날, 송 서방이 좀 정신이 든 때에는 아씨도 노마님 방에 건너가 있었다.

좀 뒤에, 노마님이 몸소 송 서방의 방에 병을 보러 나왔다.

"좀 어떤가?"

송 서방은 너무 황송스럽고 거북하여서 몸을 일으키려 하였다.

"누워 있게, 혼났디? 나두 아직 가슴이 두근거리누만……."

송 서방은 대답하려 하였다. 그러나 반병어리같이, 말이 굳어졌다.

"그깻놈 한 놈, 때, 때려뉘기야, 나두 몽치만 있으믄…… 칼만 있으믄…… 두 놈 다…… 한 놈만……."

그는 자기가 무슨 말을 하는지 몰랐다. 무슨 말을 하였는지도 몰랐다.

들은 바에 의지하건대, 도적놈은 두 놈이었다. 그리

고 노마님의 금퇴와 노리개와 가락지를 빼앗아가지고 돌아가던 길에, 마침 송 서방이 잡은 것이었다. 다행이 잡힌 놈이 장물을 가지고 있었다. 그리하여 장물을 도로 찾고, 잡은 도적놈은 경찰서로 끌려갔다 한다.

마님이 돌아간 뒤에 송 서방은 너무 황송스러워서 또 까맹이를 불렀다.

"오누, 오누."

"양……."

고양이는 이불귀[6]에 머리를 문지르며 코를 굴리면서 왔다. 송 서방은 그 커다란 손으로 부서져라 하고 고양이를 쓸었다.

"까맹아. 나 어젯밤에 불한당 잡았단다. 너두 한 놈 잡아보아라. 재미가 어떻나."

"양…………"

"망할 놈의 계집애, 뭐 양-이야. 그래, 논을 사줄까, 밭을 사줄까."

6) 이불의 네 귀퉁이

나흘 뒤에 송 서방은 일어났다.

전과 달라서 노마님이 건넌방에 찾아다니며, 아씨님이 큰방엘 건너다니며, (마음상이 그럴싸해서 그런지는 모르지만) 도련님의 얼굴에까지 좀 화기가 보이기 시작한 이 집안에서, 그런 것을 보지를 못하고 누워 있을 수가 없었다.

밤에도 좌우 방에 불이 다 켜졌다. 그리고 며느리는 시어머니의 방에(아들을 데리고) 밤이 늦도록 건너가서 이야기를 하고 하였다. 이러한 분위기, 그것은 순전히 강도가 다녀간 때문이었다.

송 서방은 오금이 몹시 쏘는 것을 참고 일어났다. 저칫저칫 밖을 나서매, 그것을 보고 노마님이 담뱃대로 문을 열었다.

"벌써 나오나?"

"이젠 다 나았사와요."

"송 서방, 장수야."

송 서방은 너무 기뻐서 가슴이 답답해졌다. 오금이 쏘던 것이며, 칼 맞은 자리의 아픔도 잊었다.

"그놈 한 놈 노체서 분해서……."

그는 혼잣말같이 중얼거리며 비를 들어서 뜰을 쓸었다. 그리고 연여를 그대로 버려두었던 거미줄을 모두 치웠다. 구석구석의 잡풀도 뽑았다. 그날 하루 진일(盡日)[7]을, 그는 뜰에서 쓸고 닦고 치우고 고쳤다. 그리고 저녁때 노마님의 방 앞에 갔다.

"마님, 데 거시기, 내일 솔개골 좀 가볼까요?"

솔개골이란 그 K읍에서 40리쯤 더 가서 있는 촌으로서, 이 황씨 집의 땅이 아직 10여 경(頃) 남아 있는 곳이었다.

"뭘 하러?"

"그놈들, 뭘 심었는디 찍소리두 없구……."

"그 몸 가지구 거길 가갔나? 몸이나 성한 담에 가보디."

"뭘, 다 나았사와요."

그리고 승낙도 나기 전에 승낙 난 것으로 인정하고 물러나왔다.

1년 남짓을 심부름 하나 못 해본 그는, 오래간만에

---

7) 온종일(아침부터 저녁까지의 동안)

(자청해 얻은) 이 심부름 때문에 마음이 몹시 흡족하였다.

"까맹아, 까맹아, 이리 온."

"양……"

"난, 내일 어디 간단다. 요년의 계집애 같으니, 탁 잡아먹구 말리."

그는 굵은 제 팔뚝 위에 고양이를 올려놓고 얼렀다.

이튿날, 새벽 조반을 먹은 송 서방은 까맹이를 안고 행랑으로 나왔다.

"순복네 오마니."

"예?"

"까맹이, 사나흘 좀 봐주소. 나 어디 갔다 오두룩……."

"예. 거게 두구 가소."

그는 고양이를 행랑방에 맡겨놓은 뒤에 마음이 안 놓여서, 몇 번을 부탁하고 부탁하고 그 뒤로 길을 떠났다.

솔개골에서 이틀…… 그리고 길을 떠난 이상에는 다 돌아보려고 다른 곳도 돌고 하여 닷새 만에 송 서방은 K읍에 돌아왔다.

그가 집에 들어선 때는 밤이었다. 그는 까맹이의 일이 마음에 걸리기는 했지만, 먼저 노마님 방 앞으로 들어갔다. 그 방에는 아씨도 건너와 있었다.

송 서방은 머리를 들지도 않고 그새 다녀온 이야기를 다 하였다. 그리고 누구는 작년 것을 얼마 잘라먹은 듯한데 그 자가 자기보고 술을 먹으러 가자던 이야기며, 누구는 밭을 다룰 줄 모르는 모양인데 내년부터는 떼어서 다른 사람에게 줘야겠다는 이야기 등등을 소상히 보고하였다. 그리고 이야기를 다 끝낸 다음에, 당연히 마나님에게서 나올 무슨 분부를 기다렸다. 그러나 마님에게서는 아무 말도 없었다, 그래서 다시 나오려고 돌아서려 할 때에, 문득 마님이 그를 찾았다.

"송 서방……"

그것은 외누다리 비슷한 별한 부름이었다.

"?"

송 서방은 나가려던 발을 다시 돌이켰다. 그러나 마님에게서는 다시 무슨 분부가 없었다. 그때였다.

송 서방은 처음에는 아씨가 실성한 줄로 알았다.

아직껏 말없이 머리맡에 쪼그리고 앉았던 아씨가 갑자기 두 손으로 땅을 치면서 꼬꾸라졌다. 그리고,

“송 서방이, 우리 칠성이 잡아먹을 줄을 뉘가 알았나…….”

이렇게 외누다리를 하면서 통곡을 하였다.

송 서방은 눈이 둥그레졌다. 무슨 영문인지를 몰랐다. 나가지도 못하고 들어가지도 못하고 그만 엉거주춤해버린 그는 어쩔 줄을 모르고 우들우들 떨었다.

“도둑놈을 잡았으믄 매깨나 때려서 보내디이.”

아가씨의 외누다리는 계속되었다.

“경찰소가 무슨 경찰소, 아……”

도적놈? 경찰서? 칠성이? 그러고 보니 칠성이가 보이지를 않았다. 그러면 그 상처가 다시 성종을 하여 도련님이 불행해지지나 않았나. 그러면 거기 도적놈은 무슨 관계며, 경찰서는 무슨 관계인고. 영문을 모르는 그는 대답도 못하고 입을 움찔움찔하며 떨고서 있었다.

노마님이 며느리를 얼렀다.

"아가, 진정해라. 할 수 있니? 다 팔자다……. 송 서방두, 나가 자시."

송 서방은 다시 한 번 무슨 말을 물어보려 입을 움질거리다가, 나와서 자기방으로 돌아왔다.

"오누, 오누."

그 부르는 소리에 응하여, 저편 구석에서 두 시뻘건 불덩이가 나왔다.

"야……."

"이리 온."

송 서방은 고양이를 끌어 무릎 위에 올려놓았다.

칠성인 어찌되었나. 아가씨의 아까 그 모양은 무슨 일이었던가. 송 서방은 이 풀 수 없는 수수께끼에 연하여 코를 울리며, 커다란 손으로 부서져라 하고 고양이의 등을 쓸었다. 고양이는 갈강갈강 목소리까지 내어서, 코를 굴리면서 송 서방을 떠받았다.

이튿날, 그는 행랑 사람에게서 사건의 대략을 들었다.

송 서방이 솔개골로 떠난 날 밤에, 이전에 몸을 빼

쳐서 달아났던 도적놈이 다시 왔다. 그는 자기 형(먼젓번에 송 서방이 잡은 것이 그 도적의 친형이었다.)의 원수를 내놓으라고 야료[8]를 하다가, 원수를 갚는 셈으로 도련님을 죽이고 달아난 것이었다.

이 말을 듣는 순간, 송 서방은 가슴이 철썩 내려앉았다. 그는(이 더운데) 덧문까지 굳게 닫은 아씨의 방에서 보이지 않게, 몸을 담벽에 감추고서 자기 방에 돌아와서 문을 꼭 닫고 들어앉았다.

도적놈을 잡으면 따귀깨나 때려서 놓아주는 것이 옳은가. 그의 머리에는 문득 이러한 의문이 떠올랐다. 자기의 양심, 자기의 이성의 명하는 바에 의지하건대, 경찰에 보내는 것이 조금도 잘못이 없었다. 그러나 그 정당하다고 믿었던 일이 오늘날 이러한 일을 일으켰다. 가엾고도 귀하던 도련님을 잃었다. 그러면 그 옳다고 생각하였던 일 아래는 무슨 커다란 착오가 있지나 않았나.

그는 연하여 코를 울리며, 눈을 섬벅거리며, 멀뚱멀

8) 까닭 없이 트집을 잡고 함부로 떠들어댐

뚱 앉아 있었다.

잠시 반짝하니 빛이 보이려던 이 집안은 다시 음침한 아래 잠기게 되었다.

아씨의 방에는 늘 덧문까지 닫겨 있었다. 노마님의 방에서는 담배 터는 소리가 더욱 잦았다. 송 서방도 무안하여 뜰에는 얼씬도 안 하였다.

그리고 아씨의 송 서방에 대한 대우가 나날이 달라졌다. 이전에는 아무런 일에도 간섭하지를 않았던 아씨가 지금은 송 서방에 대한 일만은 간섭하였다.

어떤 날 저녁 행랑어멈이 송 서방의 저녁상을 놓을 때였다. 상을 물리려고 샛문을 열던 아씨가 그것이 뉘 상이냐고 물었다. 그리고 송 서방의 상이라는 대답을 듣고는,

"부엌에서 먹디, 상은 무슨 상."

하면서 샛문을 홱 닫아버렸다. 그것을 마침 부엌문 밖에서 들은 송 서방은, 얼른 발소리 안 나게 이편까지 나왔다가 다시 소리를 내어서 부엌으로 들어가서,

"나, 저녁 여기서 먹갔소. 내 방엔 괭이 새끼 성화에……."

하면서 행랑어멈이 차릴까 말까 망설이던 그릇들을 도마 위에 내려놓고, 웅크리고 앉아서 먹었다. 그는 먹으면서 몇 번을 뜻하지 않게 젓가락을 멈추고는, 강도를 잡으면 따귀깨나 때려 보내야 하나, 하였다. 그리고 모든 자기를 사랑하던 사람, 노 황 진사의 내외며, 둘째 황 진사며, 춘심이가 벌써 없어진 이 세상에, 그냥 혼자 남아 있는 외로움을 절실히 느꼈다.

그리고 저녁을 끝낸 다음에 까맹이를 줄 밥을 한 줌 쥐고, 방으로 나왔다.

"오누, 오누."

"양……."

"이리 온."

그는 고양이를 끌어올려다가 밥을 주었다. 고양이는 야옹야옹하면서, 맛있는 듯이 짝짝 먹는다. 송 서방의 커다란 손은, 뜻하지 않게 고양이의 등에 올라갔다.

"논 사줄까, 밥 사줄까."

그의 눈에서는, 커다란 눈물이 한 방울 떨어졌다.

여름이 기울면서부터, 암담한 구름은 점점 더 농후해졌다. 이 집에 기르던 개도 어느 틈에 어디로 없어졌는지 아무도 모르는 동안에 없어졌다. 올빼미가 살구나무에 와서 울었다. 행랑방에서 한 마리 기르던 암탉이 울었다. 그리고 낙엽 때는 되지 않았는데, 살구나무는 낙엽 지기 시작하였다.

뜰에는 끼니때에 행랑어멈과 송 서방의 그림자가 얼씬할 뿐, 그 밖에는 사람의 그림자가 비쳐본 때가 없었다. 고양이도 왜 그런지 방 안에만 있지,

밖에 나가기를 싫어했다.

밤에는 무슨 다듬이 소리 같은 것이 청간과 부엌에서 났다. 구굴구굴, 무슨 별한 소리조차 들렸다. 까마귀가 흔히 지붕 위에 와서 울었다.

이러한 음침한 안에서, 송 서방은 까맹이를 벗해가지고 늙은 눈을 껌벅껌벅하며 방 안에 꾹 들어박혀 있었다.

8월 추석이 이르렀다. 그러나 이 집에서는 산소에 가보려는 사람도 없었다. 송 서방이 혼자서 산소에

갔다.

그는 먼저 황씨 선산을 갔다. 늙은 진사 내외, 둘째 진사, 자기를 끔찍이도 사랑하던 그 몇 사람의 분묘 앞에 작년에 돌아간 주사의 분묘가 있었다.

그리고 그 곁에 있는 새 분묘는 도련님의 분묘일 것이었다. 그는 그 다섯 분묘를 번갈아 보고, 강도를 잡으면 따귀깨나 때려서 돌려보내는 것이 오히려 정당한 일이 아닐까 하고 한숨을 쉬었다. 그리고 그분들을 먼저 보내고, 쓸쓸한 세상에 혼자 남아 있는 자기를 생각하고 기운 없이 다리를 돌이켜서 묘지기의 집에 가서, 마님을 대신하여 인사를 치른 뒤에 공동묘지로 향하였다. 공동묘지에는 춘심이의 주검이 있는 것이었다.

그날 밤이 깊어서야 송 서방은 돌아왔다. 돌아올 때는, 그의 눈은 뚱뚱 부었다.

가을이 깊었다.

가을이 깊어가면서, 집안은 더욱 조용해졌다. 송 서방에 대한 대우도 더욱 나빠졌다. 이전에는 가을마다 옷감과 솜이 약간씩 나왔는데, 금년은 그것조차 없어졌다. 고양이 소리가 요란스럽다는 말을 아씨가 몇 번을 행랑어멈에게 하였다. 송 서방의 방은 구두질도 안 하였다.

그런 한 가지의 일이 더 생길 때마다, 송 서방은 까맹이의 등을 힘 있게 쓸면서 강도를 잡아서 경찰서로 보내는 것은 실수인가 하고는 한숨을 쉬었다.

그의 이성은 비록 강도를 잡으면 경찰서로 보내는 것이 당연하다 하되, 현재의 이 모든 상서롭지 못한 일은 모두가 강도를 경찰서로 보낸 때문에 생겨난 일이었다.

겨울이 이르렀다.

그때에 행랑어멈을 통하여, 아씨에게서 금년은 곡초가 부족하여 송 서방의 방에는 불을 못 때주겠다는 선고가 내렸다.

"늙으믄, 덥구 추운 걸 잘 모르갔솨요."

그는 대수롭지 않은 듯이 행랑어멈을 통하여 이렇게 여쭈었다.

그 이튿날, 그의 의로운 그림자는 지척지척 그 고을 보통학교 선생의 집에 찾아갔다.

"송 서방, 어떻게 왔소?"

"선상님한테 말씀 한마디 여쭈어보레 왔솨요."

"무슨……?"

"도적놈을, 불한당을 잡으믄 따귀깨나 때레서 놔주어야 할까요, 경찰소에 잡아넣어야 할까요?"

선생은 이 뜻밖의 질문에 놀란 듯하였다. 잠깐 송 서방의 얼굴을 본 뒤에 웃었다.

"그거야, 도적놈 나름이지요. 말로 얼러서 들을 놈이면 놓아주구, 그렇디 못한 놈은 징역을 시켜야구……."

"못된 놈이와요."

"경찰서로 보내야디."

"글쎄요."

그는 그 집을 하직하였다.

그의 외로운 그림자는 다시 쓸쓸하고 찬 자기의 방으로 돌아왔다.

"오누, 오누."

"양……."

"이리 온."

그는 고양이를 잡아서 무릎 위에 올려놓았다.

강도를 잡으면 놓아주는 것이 옳은가. 선생님의 말도 경찰서로 보내는 것이 옳다고는 하였다. 그러나 선생님의 말이라 다 바를까. 혹은 따귀깨나 때려서 놓아보내는 것이 옳지 않을까. 그때에 그 강도를 따귀깨나 때려서 놓아보냈던들, 오늘날 이러한 모든 상서롭지 못한 일이 생기지 않았을 것을……. 그는 고양이를 움켜쥐고 높이 쳐들었다.

"논 사줄까, 밭 사줄까."

그의 늙은 눈에서 주먹 같은 눈물이 뚝뚝 떨어졌다.

겨울이 깊어갈수록 송 서방은 더욱 밖에 나갈 기회를 피하였다.

옷도 없어 헐벗은 그는, 불 안 땐 방에서 입으로 성에를 토하면서 까맹이와 함께 꼭 방 안에 들어박혀 있었다.

밤에는 까맹이를 품고 잤다. 이 두 동물은 서로 체온을 주고받아서, 겨우 얼어 죽기를 면하고 지냈다. 송 서방은 손톱과 발톱이 다 얼어서 빠졌다.

아침에 깨면 이불귀에 허옇게 성에가 돋치고 하였다. 늙은 허리와 팔다리는 늘 저렸다.

어떤 날, 피하지 못할 일로써 거리에 나갔다가 돌아온 송 서방은, 자기 방에서 까맹이가 없어진 것을 발견하였다.

그는 눈이 벌개져서, 거북스러운 것도 잊어버리고 들에서 크게 오누, 오누, 불러보았다.

"야……."

어디 먼 데서 들리는 듯하였다.

"오누, 오누."

"야……."

그는 앞으로 가보았다. 뒤로 가보았다. 앞으로 가면, 고양이의 소리는 뒤에서 나는 듯하였다. 뒤에 가면, 앞에서 나는 듯하였다. 앞으로, 뒤로, 몇 번을 헤맨 끝에 그는 마침내 기진맥진하여 행랑을 찾아갔다.

"여보, 순복네 아바지."

"예?"

"까맹이 못 봤소?"

행랑아범은 자기 아내의 얼굴을 보았다. 어멈은 지아비의 얼굴을 보았다.

"까맹이가 보이덜 않소고레."

"……."

"어디서 못 봤소?"

"아까, 아가씨님 손을 할퀴었다구, 내다 팡가텠다우."

"예? 어디다."

"데 뒤, 개굴창에……."

송 서방은 눈이 벌개서 나갔다. 그리고 그는 집 뒤 개천에서 목을 매어서 뻣뻣하게 된 까맹이를 발견하였다.

그는 나뭇개비를 하나 얻어서 무슨 더러운 물건이라도 만지는 듯이, 그 고양이를 찔러보았다. 언제 죽었는지 앞으로 잔뜩 뻗친 네 다리는 벌써 뻣뻣하였다.

그는 그 목을 맨 끈의 한편 끝을 쥐려다가 다시 놓고 집으로 돌아와서, 호미를 가지고 나와서 그 끈을 다시 쥐어서 추켜들고 더벅더벅 걸었다.

저녁 해가 거진 넘어가게 되어서, 그는 공동묘지에 이르렀다. 그리하여 제 아내 춘심이의 무덤 곁에 조그마한 구멍을 하나 파고, 거기다 고양이의 주검을 넣고 다시 흙으로 덮었다.

그런 뒤에, 헐벗은 옷에 추운 줄도 모르고, 신이 없이, 제 아내의 무덤 위에 털썩 주저앉았다.

강도를 잡으믄 따귀깨나 때려서 놓아보내야 하나. 아아, 그러나 전에 이 생각을 할 때에는, 그의 곁에는 까맹이가 있어서 머리로써 그의 손을 문지르며, 꼬리로 그를 간지럼을 시켰지만 지금은 쓸쓸한 두 주검이 그의 앞에 누워 있을 뿐이었다.

그는 얼마 동안 앉아 있었는지 몰랐다. 이미 밤이 깊었다. 그때에,

"니양……"

어디서 문득 고양이 소리가 났다. 고양이 소리라 하기는 할지나, 아양을 부릴 때의 그 얌전한 소리가 아니요, 싸움을 할 때 혹은 강적을 만났을 때에 하는 그런 부르짖음이었다.

"니얒……."

어디서 나나? 송 서방은, 신경을 날카롭게 해가지고 귀를 기울였다.

"니얒……."

하늘에서?

"니얒……."

땅에서?

고양이의 부르짖음은, 한둘뿐이 아니었다. 하늘에서, 땅에서, 동에서, 서에서, 사면에서 났다. 고양이의 부르짖음은 천지에 가득찼다.

"오누, 오누, 오누, 오누, 오누."

송 서방은 마치 미친 사람 모양으로, 손으로 오라고 손짓을 하면서 허든허든 일어섰다.

"니얒, 니얒……."

고양이의 부르짖음은, 그의 부름에 대답하듯이, 연하여 났다.

"오누, 오누, 오누."

그는 손짓을 하면서, 비틀비틀 산 아래를 향하여 내려갔다.

그때부터 송 서방의 자취는 없어졌다.

# 송 첨지[9]

소설 쓰는 사람에게도 각각 다른 버릇이 있어서 예컨대 작품 중에 나오는 어떤 인물의 이름에 있어서도 가령 이러이러한 성격과 환경의 인물을 등장시키려 하면, 그런 사람이면 이런 이름을 붙이어야 적당하리라, 혹은 또 이런 이름의 사람은 여사여사한 성격을 가지고 여사여사한 과거, 혹은 환경을 가지어야 될 것이다.—이러한 일종의 독특한 취택[10]벽(取擇癖)이 있다.

그 예에 벗어나지 못하여 나 이 김동인이는 가령 '송 첨지'라 하는 인물을 소설의 주인공 내지 한 등장

9) 宋 첨지

10) 선택(여럿 가운데서 필요한 것을 골라 뽑음)

인물로 쓰고자 하면, '송 첨지'라는 이름에 따라서 '송 첨지'라는 이름을 가진 사람이면 그 생김생김은 이러하고 나이는 얼마쯤이며 성격은 어떠어떠한 사람이리라—적어도 그러한 인물이 아니면 맞지 않으리라. 이러한 예정 혹은 코스가 있다.

그래서 나는 지금 '송 첨지'라는 인물 하나를 붙들어서 그의 생애사(生涯史)의 한 토막을 독자 앞에 공개하고자 하는데, 우선 가령 '송 첨지'라 하면 얼른 듣기에 '복덕방'이라는 시양목 휘장 앞에 긴 걸상 놓고 딱선부 채 딱딱거리며 곰방대 물고 눈이 멀찐멀찐 행인(行人)들을 바라보고 앉아 있는 중로(中老)의 집주름쯤으로 여기기 쉬울 것이나, 내가 지금 적고자 하는 송 첨지는 학슬 대신 에보나이트 안경을 쓰고 양복 비슷한 옷에 넥타이도 매고 좀 모양은 없으나 단장도 짚고, 일본 말은 무론 영어도 제법 하고, 구두도 신고- 나이는 오십 안팎—송 첨지라기보다 '송 주사'라든가 '송 선생'이라든가 하여야 빨리 인식될—판에서 벗어난 종류의 사람이다.

송 성(宋姓)을 대표하는 우암(尤庵) 송시열(宋時烈)

이 몸은 정승까지 지냈으나 생김생김이며 차림차림이며가 끝까지 한 촌부자(村夫子)[11]연하였던 관계로 후일 '송씨'라면 얼른 촌부자연한 느낌을 일으키게 하는지 모르지만, 우리의 송 첨지도 그 칭호만 듣는 것과 실제 인물과의 새에는 꽤 상위 점이 있다.

첨지라기보다 '선생'이라든가 '주사'라여야 좋을 우리의 송 첨지는, 사실 면주사(面主事)노릇도 해보았고, 선생 노릇도 해본 사람이다. 그러니까 역시 송 주사라든가 송 선생이라야 옳을 사람이다.

학업은 동양의 학도(學都)인 일본 동경에 가서 닦았다.

학운(學運)은 좋았던 모양으로 열일곱 아직 어머니의 품 그리울 시절에 어떤 고마운 후원자의 덕으로 현해탄을 넘어가서 그때 한창 명치(明治)의 건설시대를 지나서 대정(大正)의 난숙(爛熟)[12]일본의 공기를 호흡하며 꿈 많고 희망 많은 소년기를 이역에서 보낸

11) 촌학구(시골 글방의 스승)

12) 1. 열매 따위가 무르익음. 2. 어떤 사물이나 현상이 더할 수 없이 충분히 발달하거나 성숙함.

것이었다.

미개(未開)한 토인들이 사는 열도(列島)를 한데 뭉쳐서 한 개의 근대국가(近代國家)를 형성하여 세계 열강의 틈에 끼도록 끌어올린 일대의 영걸 목인(睦仁) 일본 황제는 마지막으로 대한합병이라는 위업을 끼쳐놓고 조상들의 나라로 떠나고 그의 아들 가인(佳人)이 당주—아비는 벌고 아들은 호사하고 손주 대에는 망한다는 천칙(天則)에 따라서 표면만은 무르익고 찬란한 대정 동경(大正 東京)에 이 고아(孤兒)는 그의 몸을 내어던진 것이었다.

합병된 지 불과 사오년… 조선 안에는 각곳에 그냥 의병(義兵)이 끓고 있고, 사내, 장곡천(寺內, 長谷川) 두 군인의 군정이 '조선'이라는 순을 줄[鑢]질하는 공황 시대에 송 군은 동경서 학업을 닦았다.

시대가 시대니만치 조선 유학생은 대개 정치나 법률에 적(籍)을 두었다.

송 군도 정치를 전공하였다.

내년이면 학업도 끝난다는 그 전해에 송 군은 묵어 있던 사숙(私宿) 주인의 딸과 눈이 어울리어 딸자식

하나를 낳는 바람에 부득이 안해로 맞아 이듬해에 조선으로 데리고 돌아왔다.

금의환향이라 하지만 송 군의 환향은 결코 금의가 아니었다. 그의 학비를 대어주던 은인도 그가 일본 계집애와 어울린 것을 알자 거래를 끊고 말았다.

금의환향하는 송 군을 위하여 조선서는 어떤 시골 면서기의 자리가 마련되어 있었다. 송 군은 송 주사가 된 것이었다.

유학 당시의 그의 막연한 희망 내지 목표는 대신(大臣)에 있었다.

그러나 '나라도 없는 인종'이라는 자기의 현실적 입장과 이상(대신)과를 연결하여 생각할 때에 뚝 떨어지면서 도장관, 도장관도 과하니 내무부장, 아니 군수(또 다시) 면장이라도, 이렇듯 숙어들어가는, 면장 한 자리도 얻지 못하고 겨우 면서기로 낙착이 된 것이었다.

면서기 재근 이년, 이년간이나 재근했으면 그래도 약간 지위가 오를 듯 싶은데 면서기라는 구실은 오를

데도 없는 양하여 그냥 그 자리에 눌러 붙어 있었다.

이 사실이 적지 않게 우울하던 차에 그의 안해가 일본인인 서무주임과 새가 수상하다는 소문이 쫙 퍼졌다.

본시부터 애정이 있어서 결혼한 바가 아니요, 딸자식이 하나 생기기 때문에 결혼했던 바라 핑계 좋게 안해와 헤어졌다. 동시에 그 서무주임 아래서 일하기가 싫어서 면서기도 사임하였다.

십년에 한 번씩 큰 전쟁을 해온 일본의 군국주의는 그 기한 십년을 그저 넘길 수가 없어서 이번은 일독전쟁을 치렀다. 독일의 군국주의는 연합군의 무력으로 부수었다. 그리고 강화회의가 파리에서 열리게 되었다.

그 강화회의에 미국 대통령 윌슨은 민족자결주의라 하는 금간판을 내걸었다. 어떤 민족의 운명은 그 민족 자신의 의사대로 결정할 것이라는 주의였다. 즉 예컨대 조선이 일본에 합병되어야 하느냐, 벗어나야 하느냐 하는 것은 조선 민족 자신의 의사로 결정해야 한다는 것이었다.

일본 육군 원수인 조선총독 사내정의(寺內正毅)의 강압정책에 눌려서 그새 십년간 찍소리 못하고 있던 조선인의 마음에 이 한 마디는 커다랗게 들어맞았다.

"민족자결!"

"민족자결!"

온 조선의 지하로는 이 한 마디가 홍수와 같이 싸다녔다.

이월 초여드렛날, 동경 유학생의 집단에서는 조선독립을 선언하였다.

조선 총독부는 온 헌병력과 경찰력을 동원하여 무슨 사고가 일지 못하게 하고자 만전의 책을 다하였다.

그러나 민족의 마음에서 마음으로 흐르는 이 물결은 경찰력 헌병력의 담으로도 어찌할 바이 없었다. 게다가 조선총독부는 스스로 믿는 데가 있었다.

그새 십년간을 그만치 강한 힘으로 눌러 놓았으니 조선인의 마음에는 딴 생각 품을 여지며 용기가 없으리라고 굳게 믿었다. 설사 한두 명 혹은 불온한 행동을 하는 사람이 있을지라도 그것쯤은 단 한 마디의 호령으로 삭아버리리라. 어디 감히 맞서고 덤벼들 광인(狂人)이 있을 줄은 꿈에도 안 생각했다.

이러한 철통같은 총독부의 감시와 틈새틈새로는 민족의 의사가 자유로이 흘러다녀 삼월 초하루—고종태황제(高宗太皇帝)의 인산(因山)날 삼천리 강산에는 그야말로 청천의 벽력으로,

"조선 독립 만세."

의 우렁차고 힘 있는 구호는 폭발이 되었다.

안해와도 이별하고 면소도 사직한 송 주사. 약간한 퇴직금으로 삭월셋방[13] 하나를 얻어 가지고 다시 무슨 직업을 얻으려고 턱을 팔굽에 고이고 엎드려 코털을 뽑고 있을 때에 무슨 아우성—드렁장수의 소리도 아닌—이 들려오므로 부시시[14] 일어났다.

들을 지나 길에 나서서 비로소 알았다. 조선 독립이 선언되고 그것이 기쁘다고 온 장안은 그것으로 이 아우성을 한다고.

머리를 들어 보매 맞은편에서도 수십 명의 군중이

13) 사글세방

14) '부스스'의 잘못

팔을 두르며 만세를 부르며 이리로 달려온다.

송 주사는 칵 가슴에 무슨 덩어리가 뭉쳐오르고, 눈앞이 아득하여 몸을 비츨비츨[15] 가까운 남의 집 담벽에 기대었다.

송 주사는 무슨 특별한 애국자도 민족주의자도 아니었다.

독립이 되면 무론 반갑고 기꺼운 일이지만, 안 된다고 큰 불편 부자유도 느껴 본 일이 없었다. 일본이 가운데 괘씸한 놈도 많지만 조선 사람이라고 다 달가운 사람도 아닐 것이다.

아직껏 특별히 독립하고 싶다는 욕망이 생겨 본 일도 없었다. 일본 유학할 때 학우회(學友會)의 웅변회 같은 날, 혈기의 청년들이 책상을 두드리며 망국 한탄을 부르짖는 것을 들으면, 역시 정치과에 적을 둔 망국 청년이니만치 일종의 공명을 안 느끼는 바는 아니었지만 그래도 당사자로서의 절실감까지는 느껴 본 일이 없었다.

15) 비틀비틀

말하자면 그 방면에는 매우 신경이 둔하던 것이었다. 감각도 둔한데다가 송 주사로서는 주사 독특의 견해가 있었다. 즉 독립국민 노릇을 하기에는 조선의 민도(民度)[16]는 좀 얕다는 견해였다. 이 민도의 백성에게 갑자기 '독립'이라는 호박이 떨어지면, 감당을 못하리라는 그의 견해였다.

그런지라 '조선'과 '독립'을 연결해서 생각해 본 일이 없었고, '민족자결주의'로 세계의 약소민족이 한결같이 술렁거리고 저선의 지식층들도 적지 않게 이 문제에 관심하여 조용한 골방이나 사랑방을 고를 동안도 송 주사는 오직 (면서기 아닌) 새 밥자리를 몰색해 볼 뿐, 정치와 출신의 젊은이다운 공상과는 멀리 떨어져 살고 있었다.

그렇던 송 주사의 앞에 오늘 홀연히 '조선 독립'이라는 위대한 소식이 뛰쳐든 것이다.

이치로 따지자면 '조선 독립'을 지금껏 그다지 신통히 염두에 두어 본 적이 없는 송 주사라 오늘의 이

16) 국민의 생활이나 문화 수준의 정도. '문화 수준'으로 순화됨.

보도에도 비교적 무관심해야 할 것이었다.

그런 송 주사이언만 지금 행길에서 그의 고막을 두드리는,

"조선 독립 만세."

의 한 마디에 휙 온몸의 피가 얼며, 그 자리에 목박힌 듯이 서 버렸다.

망두석[17]같이 한참을 서 있다가 송 주사도 그 군중들 틈에 빨리어 들어갔다.

"만세에. 만세에. 조선 독립 만세."

군중들의 소리에 화하여 송 주사도 미친 듯이 부르짖으며 동서남북으로 헤매었다.

절실히 말하자면 송 주사는 자기가 무엇을 하는지 무슨 목표로 무슨 뜻으로 하는지 추호도 이해는커녕 인식도 못하였다. 지고(至高)한 하늘의 분부에 의지하여 무의식 무인식적으로 행한 노릇이 손을 높이 두르며 조선 독립 만세를 부르짖은 그 행동이었다.

그것은 민족의 의사였다. 그리고 또한 하늘의 의사

17) 〈민속〉 망주석(무덤 앞의 양쪽에 세우는 한 쌍의 돌기둥)

였다. 송 주사 자신으로는 행하려 한 일도 없었고, 행하여야겠다고 생각한 일도 없었고, 누구의 시킴으로 한 일도 아니요 스스로는 전혀 알지도 못하고 의식도 못하는 가운데서 저절로 행하여진 일이었다. 그리고 평일에 어느 누가 송 주사에게 대하여 그런 일을 해보라고 권고하는 이가 있었더라면, 송 주사는 그 사람을 '광인(狂人)'으로 단정키를 결코 주저하지 않았을 것이었다.

저녁때 솜과 같이 피곤하고 하루 종일의 난무(亂舞)로 꼴이 '미치광이'같이 되어 허덕허덕 내 집으로 돌아왔다.

뜰에 들어서며 보매 주인집 어린 아들(칠팔 세 가량 된) 이 뜰에서 놀고 있다.

한 지붕 아래 한 울안에 살면서도 딴 나라 사람같이 서로 아는 체 안하던 새였지만, 이날따라 송 주사의 마음에는 동포(同胞)라 하는 새 관념이 생겨 남 같지 않아서 애교의 미소를 띠면서 소년에게 가까이 갔다.

"이 좋은 날 너는 만세두 안 부르구 집에 백여 있었니?"

"왜 안 불러요? 지금 막 돌아오는 길인데요."

"그래? 독립돼서 참 반갑다. 너 올에 몇 살이더라?"

"여덟 살예요."

소년의 이 대답에 송 주사는 오연히 허리를 젖겼다.[18)]

"여덟 살이면 너는 왜종(倭種)이로구나. 그러려니 애처로워라. 이 기쁜 날을 너는 기뻐할 자격이 없어. 열 살 이하의 아이들은 나면서부터 왜종이야. 우리같이 광무(光武)년대나 융희(隆熙)년대에 태어난 사람이고서야 오늘이 기쁜 날이지 너는 빠지거라."

그는 광무년대에 난 사람이노라는 우월감이 무럭무럭 일어, 소년에게 한 마디의 경계를 남기고 막 자기 방으로 향하려 할 때에, 소년(대정년대에 난)의 아버지가 싱글싱글 하면서 송 주사에게로 향하였다—.

"송 주사 나리 선견지명이 참 귀신 같단 말씀이어. 장망지국(將亡之國)의 벼슬을 버리시자, 새 나라이 생겨납니다그려.—그런데 제 자식더러 '왜종'이라 하시

---

18) 젖혔다.

는 것 같은데 거기 대해서 나리께 항의합니다. 부모가 아울러 한국 신민이어든 자식이 어째 왜종입니까. 남의 귀중한 자식에게 왜종이란— 대체.”

여기서 누구든 한쪽이 웃어 버리면 문제는 끝날— 아주 단순한 일이다.

그러나 송 주사의 고집이란 천하무류인데다가 집주인은 귀한 아들을(당시에 있어서 가장 큰 용인) 왜종이란 악구를 받았는지라 좀체 양보의 조짐이 안 보였다.

“한국이 없어진 뒤에 났으니 왜종 아니구 뭐요?”

“부모가 다 한종인데두.”

“부모 아니야 한아비가 한종이래두 한국 없을 때 어떻게 한종이 있겠소?”

“호랑이 새끼가 곰의 굴에서 났다구 곰이 됩디까?”

“곰의 새끼지.”

논란은 차차 억설로 벋어갔다 욕설로까지 전개되어 갔다.

“어디서 찌께(蛔虫)[19] 같은 물건 하나 싸 가지고 꼴에 제법 조자룡(趙子龍)이나 낳은 듯키.”

"부모네 승강이면 승강이지 남의 집 귀동은 왜 걸거들어가는 게야."

차차 악화하는 논란—.

"저 따위가 백성이랍쇼 있으니까 되려던 독립도 틀려나가겠다."

"무얼! 독립에 군소릴 끼어?"

딱-쳐라! 완력, 폭력으로까지 발전되었다.

이리하여 그 저녁으로 송 주사는 그 집을 떠나서 다른 데 이사하였다.—송 주사가 애국주의자로 변한 것이 이때부터였다.

기미년 삼월 초하룻날 온 조선에 걸치어 폭발된 만세사건은 표면으로는 십 수만 명의 감옥 죄수와 중국 상해에 한국 임시정부로 남긴 뒤에 사라졌다.

감옥의 죄수들은 만기가 되면 출옥할 것이다. 상해의 한국 임시정보는 국제적으로 승인을 못 받고 국내적으로는 조선 내지와도 연락이 미미하여 존재가 아주 미약하였고, 경제적으로도 유지가 곤란한 가운데

19) 회충

서 몇몇 지도자의 오직 열성만으로 버티어 가는 가운데서 차차 사람의 기억의 표면에서 엷어갔다.

면서기의 자리를 내어던진 송 주사는 구복 문제를 해결하기 위하여 교사 노릇을 시작하였다.

주변성이 없는 송 주사—송 선생이라 어느 튼튼한 학교에 교원으로 자리 잡을 기회는 얻지 못하고 이곳저곳 사립학원이나 개인교수 등으로 근근히 기아나 면하며, 이리저리 유랑하였다.

애국주의자로 전향한 송 선생—그 전향이란 것이 임시적 방편이라든가 빵 문제 때문에 한 노릇이 아니고, 그의 마음 깊이 잠재해 있던 동포 관념의 폭발 때문에 한 전향이라 변할 길이 없었다.

그동안 감옥살이 유치장살이도 여러 차례 하였다. 그러나 다시 밝은 세상에 나와서 아이들과 대하여 교편을 잡을 때는 여전히 총독부 당국에서 엄금한 바의 반만년 조선 역사의 거룩한 자태를 알으켜 주고 이 거룩한 국가의 일원이라는 자랑을 아이들의 마음에 배양하였다.

삼십 고개, 사십 고개— 인생의 가장 가치 있어야 할 고개 고개들을 송선생은 이 촌에서 저 마을로— 저 마을에서 또 다른 부락으로— 지식의 주머니를 줄줄 흘리면서 그 흘린 지식을 남이 주워가기를 열망하면서 표랑하였다.

치자(治者)[20] 당국이 의식적으로 말살코자 하는 '조선학'의 지식은 송 선생의 힘으로 북조선서 조선의 촌락 촌락에 심어졌다.

그의 꽁한 태도가 송 선생이라기보다도 송 첨지라는 편이 적절하겠으므로 어느 지방에서 시작된 칭호인지 모르지만 어느덧 송 첨지라는 칭호로써 북조선의 촌락 촌락에 그의 이름은 꽤 널리 퍼져 나갔다.

그러나 송 첨지가 유명해지면서 유명해지느니만치 송 첨지가 흘리고 간 지식 부스러기는 당국의 입장으로는 역한 것이므로 당국이 송 첨지에 대한 탄압도 차차 강화되고 노골화하였다.

마지막에 당국의 탄압이 하도 세밀해지므로 송 첨

20) 한 라라를 다스리는 사람. 권력자.

지는 국경을 넘어서서 만주 땅으로 들어갔다.

송 첨지의 나이 그때 서른여덟—동양의 천지에는 소위 '지나사변'[21]이라는 전쟁이 한창인 때였다. 그리고 중국은 서울을 중경(重慶)으로 옮겨 놓은 때였다. 한국 임시정부—중국 국민정부의 비호 아래 보호되어 있던 한국 임시정부도 중국 국민정부와 함께 중경에 가 있었다.

혁명가도 아니요 정치가도 아니요, 다만 열렬한 애국자로 교사로 지도자로 만주 일원의 조선인 사회에는 송 첨지의 이름은 꽤 높고 널리 전파되었다.

위엄성 있는 지도자가 아니요, 무엇을 강요하는 혁명가도 아니요. 일반 대중과 무릎을 겯고 마주 앉아서 토론하여 가면서 애국사상을 배양해주고 동족애의 관념을 길러 주는 송 첨지(선생도 아니요 주사도 아니요 단지 웃댁 형님, 아랫댁 아우님이라 부르고

21) 중일전쟁. 1937년 일본이 중국을 침략하여 일으킨 전쟁으로 베이징, 텐진, 상하이 등을 점령하고 국민 정부의 수도인 난징까지 점령하였다. 5만여 명의 일본군이 장악한 남경에서는 약 2개월 동안 잔인한 학생행위가 일어났다(남경대학살).

불릴 수 있는 친애한 동무)는 만주 일원의 조선 사람 사회에서는 인제는 없지 못할 지도자였다. 나이도 사십을 지났으니 경의를 표하기에 남부끄럽지 않고 아무런 홀대를 할지라도 나무려워하지[22] 않으니 어떤 좌석, 어떤 회합의 틈에라도 섞일 수 있었다.

지나 대륙에서 여러 해 동안을 계속되던 인류의 잔혹한 행동—전쟁은, 그 무대가 바꾸이면서 태평양 상으로 넘어가서 인종으로는 백인, 홍인, 흑인까지 뒤섞이어 유사 이래의 최다량 살인 행위가 벌려져 나갔다. 일본인이 이르는 바 소위 대동아전쟁이다.

이십 소년시대부터 사반세기 간을 조선인의 마음에 민족애가 불일어서 민족적 대동단결을 할 수 있는 우수한 민족으로 향상시켜 우수한 민족으로 하여금 일본에게 빼앗겼던 국민을 회복할 기회를 지어 보려고 노력하여 온 송 첨지—잃어버릴 때에 아까운 줄 모르고 잃어버리고 잃어버린 처음 몇 해 역시 아깝지

22) 나무라하지

도 않고 통분한 줄도 모르겠더니 나이가 들어감을 따라서 나날이 국권회복의 야심이 늘어 가고 국가 독립의 욕심이 강하여 감을 통절히 느껴졌다.

나이 반 구십-여생이 얼마 남지 않은 오늘에 앉아서, 바라건대 내 생전에 독립 국가의 국민이 되어 보기는 가망이 천 리다.

지금 한창 강성한 일본의 실력으로 보아 무력적으로 일본이 꺼꾸러질 날을 기다린다는 것은 상상도 할 수 없다. 하늘에서 무슨 기적이 내리기 전에는 내 생전 조선 독립은 다시 볼 수 없는 일이다.

이러한 때에 그새 중국과 오년간이나 싸워서 기진 맥진한 일본이 세계의 부강국 미국과 영국 두 나라에 한꺼번에 싸움을 걸었으니 일본에도 군략가가 있고 정치가가 있는 한에는 이번의 전쟁이 절대로 일본의 패배로 돌아갈 것은 숫자가 넉넉히 증명할 것인데, 스스로 이 망동을 한 것은 자진하여 자멸지책을 취한 것이다—. 이는 하늘이 조선에 자주를 주려는 조짐이 아닐까.

만년(晩年)에 들면서 차차 미신과 운명론에 기우는

자신을 스스로 조소하면서도 이러한 꿈밖엣 꿈을 생각해 보려는 자신을 스스로도 어찌할 수가 없었다.

그 뒤에는 어떻게 될지 미지수이지만 적어도 이번 전쟁의 결과로서 조선이 일본의 굴레에서만은 벗어나게 될 것이다.

조그만치[23]라도 내 실력만 있으면 이러한 절호의 기회에 온갖 세력 다 물리치고 조선 혼자서 스스로 설 기회를 지우 수 있으련만.

많은 고생을 한 탓인지 오십까지는 아직 수년간 남아 있지만, 송 첨지는 어떻게 보면 육십에 가까운 노인같이도 보였다. 그리고 최근 갑자기 체력이 감소되고 원기 없어짐을 스스로도 느낄 수가 있었다.

소위 대동아전쟁은 저편이 잠잘 동안에 내려친 첫번 일격만은 원기 좋았으나, 그 다음부터는 꾸준히 일정한 속도로 쫓겨 돌아온다. 이 속도로 보아서 1945년을 넘기지 못할 것만은 인젠 확정적으로 되었다.

23) '조그만큼(매우 적은 정도로)'의 잘못

1945년 팔월 초순.

송 첨지는 만주의 어떤 시골서 앓고 있었다. 처음에는 대수롭지 않게 보았었는데 날이 경과하자 병세는 더 침중해 가는 뿐이었다.

부근의 노인들이 이 소탈한 지도자의 병을 구원하고 있었다.

"첨지, 좀 어떠셔요?"

"네. 고맙소이다. 나는 이제 다시 일어나지 못할 몸이지만 전쟁도 내 보기에는 인젠 한 달을 더 못 계속될 터인데 조선 독립의 보도나 행여 듣고 죽었으면 여한이 없겠는데."

"그렇게 독립이 되리까?"

"됩니다. 꼭 됩니다."

"내일 오정에 무슨 미증유의 중대 방송이 있다는데요."

"네? 미증유의 중대 방송?"

송 첨지는 자리에서 벌떡 일어났다.—

"내일 오정에 그 라디오 좀 들어다 주세요. 꼭 좀."

이튿날 오정, 송 첨지의 부탁으로 라디오를 지키던 노인은 일본 유인(裕仁) 황제의 미증유의 중대 방송의 첫 구절만 듣고 이 미증유의 기꺼운 소식을 속히 지도자 송 첨지에게 알리고자 달려들어왔다.

그때는 송 첨지는 심이(心耳)[24]로서 그 방송을 알아듣고, 기쁨과 감격을 금치 못하여, 소리쳐 통곡하다가 거기 엎드러진 채 세상을 떠난 삼사 초 뒤였다.

(『백민(白民)』, 1946.1)

24) 〈의학〉 심방귀(심장에서 좌우 심방의 일부를 이루는 귓바퀴 모양의 돌출부)

# 순정

## 연애 편

북경으로 동지사가 들어갈 때였다.

복석이는 짐을 지고 동지사 일행을 따라가게 되었다.

"언제 돌아오련?"

"글쎄, 내야 알겠니?"

"그때 치맛감 한 감 꼭 사오너라."

"시끄러운 것. 두 번 부탁 안 해두 어련히 안 사오리."

복석이와 용녀의 작별은 눈물겨운 장면이었다. 놓았다가는 다시 부여잡고 부여잡았다가는 다시 놓고 밤을 새워가면서 서로 울었다.

"되놈의 계집애가 너를 가만둘 것 같지 않다."
이렇게도 말해보았다.
"마음 변했다가는 죽인다."
이렇게도 말해보았다.
그러다가 새벽 인경이 울 때에야 그들은 놓았다.

동지사의 일행은 압록강도 무사히 건넜다.
때는 8월 중순이었다. 무연한 만주의 볕에 잘 익은 고량(高粱)[25]이 머리를 수그리고 있었다. 그 밭 사이에 뚫린 길을 '쉬-' 소리 용감스럽게 동지사의 일행은 북경으로 길을 갔다. 짐을 지고 따라가는 복석이의 눈에는 멀리 지평선 위에 용녀의 얼굴이 어른거렸다. 화상을 따다가 붙인 듯이 지평선 위에 딱 붙어서 아무리 지우려야 없어지지를 않았다. 복석이는 그것을 바라보고 빙그레 웃고 하였다.

압록강을 넘어선 지 열흘 만에 복석이는 수토불복

---

25) 〈식물〉 볏과의 한해살이풀. 수수의 하나로 주로 중국 만주에서 재배된다.

으로 넘어졌다.

복석이는 울었다. 억지 썼다. 나를 여기 버리고 가는 것은 소백정이라고 떼도 써보았다. 그러나 대사는 복석이의 병 때문에 지체할 수가 없었다. 그의 병든 몸은 산 설고 물 선 곳에 혼자 떨어졌다. 그리고 동지사의 일행은 여전히 북경으로 북경으로 길을 채었다.

열흘이 지났다. 복석이의 병은 완쾌되었다. 아무리 낯선 수토라 할지라도 칠석 같은 복석이의 건강은 당할 수가 없었다.

그는 동지사의 뒤를 따르려 하였다. 그때 마침 다행으로 같은 길을 가는 어떤 중국 사람을 만났다. 그들은 사흘을 동행하였다. 그리고 사흘째 되는 날 저녁 그들은 어떤 호농(豪農)[26]의 집에서 하루를 묵게 되었다.

밤이 되었다. 복석이가 용녀의 일을 생각하면서 혼자 기뻐할 때였다. 갑자기 문이 열리며 되놈 서넛이

26) 땅을 많이 가지고 농사를 크기 지음. 부농.

달려들어서 복석이의 따귀를 떨어지라 하고 때렸다. 영문을 몰랐지만 복석이는 반항하였다.

그러나 사람의 수효로 4대 1이었다. 그날 밤 그는 결박을 당하여 움에 갇혔다.

이튿날 그는 벌에 끌려 나갔다. 하루 종일을 농사 추수에 조력하였다.

밤에는 또한 결박하여 움에 가두었다. 낮에는 또 일을 시켰다.

20일이 지났다. 그동안에 그는 손짓 눈짓으로 겨우 자기가 10년 기한으로 종으로 이 집에 팔렸다는 것을 알았다.

그때에 그는 열아홉 살이었다. 그는 이를 갈았다. 그러나 어찌할 수 없었다. 밤낮을 파수병이 그들을 지켰다.

끝없이 긴 하루를 지나면 또한 끝없이 긴 새날이 이르렀다. 긴 새날이 이를 때마다 그는 용녀를 생각하고 10년을 어찌 지내나 하였다.

1년이 지났다.

아아, 1년이라는 날짜가 얼마나 길었을까? 그러나 이상타. 지나고 보니 꿈결 같은 1년이었다. 어느 틈에 지나갔나 생각되는 1년이었다.

그것은 벌써 만기의 10분의 1이었다. 이렇게 열 번 지내자 지내자 그는 결심하였다.

어언간 10년도 지났다. 지나고 보니 꿈결 같은 10년이었다. 오늘이나 놓아주나 내일이나 놓아주나. 아아, 용녀는 아직 살아 있나?

이렇게 기다리던 끝에 그는 뜻밖의 선고를 받았다. 다른 호농에게 새로운 20년의 기한으로 다시 팔린 것이었다.

처음에 그는 혀를 끊으려 하였다. 그러나 용녀를 생각하고 중지하였다. 또 20년을 참자. 그는 용하게도 이렇게 결심하였다.

새집에서도 또한 10년이란 날짜가 지났다. 그때 그는 40에 가까운 나이였다.

그는 대국과 왜나라와의 사이에 난리가 있다는 것을 바람결에 들었다. 그 뒤를 이어 대국이 졌다는 소식도 바람결에 들었다.

"왜가?"

그것은 과연 뜻밖이었다. 아아, 그동안 용녀는 잘 있나.

조선이 독립하여 한국이 되었단 풍문도 들었다. 동지사라는 것도 연전 없어졌다는 것도 들었다. 그럴 때마다 그는 용녀를 생각하고 한숨을 쉬고 하였다.

장 대인이 천자가 되었다는 소식이 전하면서부터는 그런 시골 중의 시골에서도 욱적하였다. 종들도 모두 놓여난다고 종들 사이에서도 수군수군하는 공론이 많았다. 그때는 복석이는 벌써 70이 가까운 나이였다.

마침내 복석이도 놓여났다. 그러나 그것은 장 대인의 덕이 아니고 나이 많아서 노사에 종사하지 못하게 되었기 때문이었다.

아아, 기나긴 날짜였다. 50년이라 하는 진저리나는 긴 날짜를 용녀를 생각하고 살고 용녀를 생각하고 지냈다. 놓여난 때에는 그는 '용녀'의 한 마디밖에는 조선말을 잊은 때였다.

그는 놓여나면서 푸른빛 치맛감을 한 감 사가지고 50년 전의 약속을 이행코저 정다운 고향을 향하여 길을 떠났다.

간 곳마다 그의 경이(驚異)였다. 기차라는 것이 있었다. 이전에는 나루로 건넌 압록강에 커다란 쇠다리가 놓여 있었다. 이전에는 곳곳마다 곡발관이 씩씩거렸지만 인제는 그 자취조차 없었다. 고을고을의 영문과 군청에는 모자 쓴 아이들이 드나들었다. 정다운 고국? 아아, 그러나 그것은 그에게는 너무나 낯설고 정 붙일 곳이 없는 고국이었다.

그는 서울에 도착하였다. 50년을 두고 그리던 그 땅이었다. 변하였으리라 생각은 하였으나 그것은 상상 이상의 변화였다. 몽롱한 기억에 남아 있는 것뿐이나마 삼각산은 그 빛조차 달라졌다. 남산은 그 형태조차 변하였다.

그는 서울 장안을 집집마다 대문을 기웃거리며 싸

돌았다.

그는 두 달을 찾았다. 그러나 용녀를 위하여 50년은 참았으나 여기서 두 달 이상을 더 찾을 기운은 없었다. 말로는 고국이나마 산 설고 물 설고 말 모르는 타향이었다.

그는 마침내 단념하였다. 그러나 온전히 단념하지 못한 그의 마음은 서울에 남겨두고 또다시 대국으로 서울을 등졌다. 그의 쓸쓸한 그림자는 의주통도 지났다.

장안은 벌써 재 너머로 사라졌다.

그는 다시 한 번 서울을 돌아보았다. 그리고 침을 탁 뱉은 뒤에 몸을 바로 하였다. 그때였다. 그는 뜻밖에 자기의 여남은 긴 앞에 용녀의 뒷모양을 발견하였다.

그는 뛰어갔다.

"당신, 당신……."

너무 억하여 이 한 마디밖에는 하지 못하였다.

"왜 이래!"

노파는 홱 뿌리치며 돌아섰다. 그때에 복석이는 50년 동안을 잠시도 잊지 못하였던 그 두 눈알을 보았다. 당신 소리가 연하여 그의 입에서 나왔다.

노파도 마침내 알아보았다.

"이게 누구냐? 복석이로구나!"

둘은 마주 부여잡았다.

이제 다시 놓았다가는 영구히 잃어버릴 듯이 힘을 다하여 쓸어안고 통곡하였다.

좀 뒤에 행인들은 웬 더러운 지나인과 조선 노파가 앞에 푸른 비단을 펴놓고 서로 왜콩을 까먹으며 기뻐하는 양에 경이의 눈을 던졌다.

얼마 뒤에 이 70 난 총각과 70 난 처녀의 결혼식이 있었다. 신부의 몸은 푸른 지나 비단으로 감겨 있었다.

## 부부애 편

"당신 그 지아버니가 금년 봄에 병들어 죽었소."

만 리 밖에, 돈벌이하러 남편을 떠나보내고 혼자서 외로이 집을 지키고 있는 아내에게 이런 소식이 왔다.

그때 아내는 태중으로 거의 만삭이 되어 있었다.

얼마 뒤에 아내는 옥동을 낳았다.

산후도 경쾌히 지낸 뒤에 아내는 삯베를 짜기 시작하였다. 천하만사를 모두 잊은 듯이 젊은 과부는 베짜기에 열중하였다.

1년이 지났다.

어린애는 해들거리며 벌벌 기어다녔다. 젊은 과부는 때때로 뜻하지 않게 베 짜던 손을 멈추고는 어린애를 내려다보고 하였다.

또 1년이 지났다.

어린애는 쿠둥쿠둥 뛰어다녔다. 쉬운 말은 다 하였다.

젊은 과부의 눈물 머금은 사랑의 눈은 어린애의 생장을 돕는 가장 좋은 거름이 되었다.

어린애는 나날이 보이게 컸다.

어린애의 세 돌이 지났다.

천하만사를 잊은 듯이 베짜기에 열중하였던 젊은 과부는 베짜기를 중지하였다. 그리고 그사이에 모은 돈을 세어보고 곁집을 찾아갔다.

"엄마 언제 와?"

"열 밤 자구 오마."

"그때는 아버지도 같이 오지?"

"암, 같이 오고말고."

앞서는 눈물을 감추고 젊은 과부는 제 가장 사랑하던 아들과 작별하였다.

그사이에 3년 동안을 삯베를 짜서 모은 돈을 어린 아이와 함께 곁집에 맡긴 뒤에 수로 천리 육로 천리의 먼 길을 떠났다.

제주도에서 백두산까지, 남쪽 끝에서 북쪽 끝까지 생각만하여도 진저리가 나는 먼 길을 젊은 과부는 수중에 돈 한 푼 없이 떠났다.

없는 남편의 뼈를 거두어 오고자…….

먹을 것이 없을 때에는 솔잎을 씹었다. 산골짜기

바위틈에서 자기가 예사였다. 큰 집에 가서는 동냥을 하였다. 마을에 가서 삯일을 하였다. 이리하여 열 밤 자고 오겠다고 자기 아들에게 약속한 젊은 과부는 집을 떠난 지 1년 만에야 백두산 벌목터까지 찾아갔다.

"제주도에서 왔던 사람의 무덤……."

이러한 몽롱한 질문을 하면서 이 벌목터에서 저 벌목터로 찾아다니던 그는 석 달 만에야 그 '제주도에서 왔던 사람의 무덤'을 얻어 냈다.

사람의 독한 마음은 능히 하늘빛을 어둡게 할 수 있는 것이다. 몇 해 동안을 단지 이 한 덩이의 흙더미를 찾기 위하여 애쓴 그는 마침내 여기서 발견하였다. 그는 나뭇개비를 하나 얻어다가 그 무덤을 팠다. 그리하여 무서움도 모르고 밤을 새워가면서 뼈를 추려 가지고 온 치롱[27]에 넣은 뒤에 그는 그 자리에서 처음으로 통곡을 하였다. 4년에 가까운 날짜를 참고

27) 싸리로 가로로 퍼지게 둥긋이 결어 만든 그릇. 채롱과 비슷하지만 뚜껑이 없다.

또 참았던 울음이었다.

사흘을 머리를 풀고 통곡을 한 뒤에 그는 산을 내려왔다.

소문이 벌써 퍼졌는지, 산 아래 마을에는 사람들이 수군거리며 그를 기웃기웃 들여다보았다. 젊은 과부는 머리를 수그리고 걸었다. 그의 등에는 가장 그의 사랑하던 이의 해골이 지워 있는 것이었다.

사랑은 가장 큰 것이다. 사랑의 모든 것의 위에 선다. 사랑하는 이를 등에 업은 그는 발걸음조차 가벼웠다. 이제는 사랑하는 이의 유고(遺孤)를 기르는 귀한 책임이 그에게 있었다.

고향의 길로…… 둘째 걸음은 첫걸음보다 더욱 빠르게 다시 육로 천리 수로 천리의 길을 떠난 그는 어떤 동리에 들어갔다. 그것은 그 해골을 파낸 곳에서 이틀 길쯤 되는 곳이었다.

그는 시장함을 깨달았다.

한술의 밥이라도 얻어먹을 양으로 어떤 집 문간에

섰다. 남의 집 문간에서는 것도 한두 번뿐이라만 등에 사랑하는 이의 해골을 업은 이때에는 그것도 그다지 고통은 아니 되었다.

"?"

그는 거기서 없은 줄만 알았던 자기의 남편을 보았다. 어떤 여인과 살면서 그 집 주인 노릇을 하는 남편을…….

"여보……."

모깃소리만 한 소리가 짐짓 여인의 입에서 새었다.

"아……."

역시 모깃소리 같은 소리가 남편의 입에서 새었다.

여인의 등에 졌던 치롱은 저절로 미끄러져서 힘 없이 땅에 내려졌다. 여인의 오른편 무릎이 땅에 닿았다. 그 뒤를 따라서 왼편 무릎도 닿았다. 그다음 순간 여인의 몸은 넘어지는 고목과 같이 땅에 쓰러졌다.

넘치는 순정을 발에 밟힌 바 된 젊은 여인은 너무 억하여 그 자리에 쓰러진 것이었다.

이리하여 그는 거기서 영원한 잠이 들었다.

## 우애 편

"자네 이즘 뭘로 소일하나?"

"그저 그렇지."

길에서 만난 C가 물어볼 때에 A군은 오연히 이렇게 대답하고 지나가버렸다.

C는 A군의 동창생의 하나인 재산가요, A군은 무직자였다.

"오. A군! 이즈음 생활이 어떠시오?"

"노형, 아픈 데 있소?"

다른 친구가 길에서 만나서 물을 때에 A군은 불유쾌한 듯이 이렇게 대답하고 휙 지나가버리고 말았다.

그 사람은 어떤 회사의 고급 사원이었다.

"자네 이즈음 용처 벌이나 하나?"

"자네나 돈 잘 벌어서 부자 되게."

또 다른 친구에게는 이렇게 대답하였다.

그 사람은 장사하는 친구였다.

남이 아무 짓을 하든 무슨 관계야. 자기네들이나 어서 돈 많이 벌어서 잘 살지. 친구들이 자기에게 문안하는 것조차 A군에게는 수모와 같았다.

이전에 학교에 같이 다닐 때에는 모두 벗이었다. 그러나 일단 교문을 나서서 빽빽이 자기의 업에 달려든 다음부터는 모두들 적이 되었다.

부잣집 아들은 호강을 하였다. 재산 있는 사람은 월급쟁이가 되었다. 재산 없는 사람은 그래도 제 직업 하나씩은 붙들었다. 그러한 가운데 혼자서 아무것도 못하고 놀고 있는 A군이었다.

친구들이 그를 만나서 무얼 하느냐고 묻는 것은 A군에게는 마치 나는 이러이러한 일을 하는데 자네는 뻔뻔 놀고 있나 하는 듯이 들렸다.

이제 언제, 이제 언제…… 그는 주먹을 부르쥐며 때때로 생각했다.

겨울이었다.

일없이 하루 종일 거리를 헤매던 A군은 저녁때 무거운 다리를 집으로 돌렸다. 늙은 어머니를 어쩌나.

병신 누이동생을 어쩌나. 모두가 그에게는 근심뿐이었다.

아아, 날도 춥거니와 세상도 춥다…….

그의 얼굴빛은 송장과 같이 핏기가 없었다.

집에는 아랫목에 어머니가 쪼그리고 앉아 있었고, 병신 누이동생이 그 곁에 웅크리고 있었다. 방 안이 바깥보다 더 추웠다.

'모두들 헐벗었구나.'

A군은 방 안을 둘러보았다. 책상 귀에 무슨 편지가 놓여 있었다.

"아까 누가 두고 가더라."

"오늘 누가요?"

"내가 알겠니?"

A군은 봉을 찢었다.

'친구의 정일세. 과동이나 하게.'

그리고 은행깍지 한 장이 들어 있었다. A군의 얼굴은 하얘졌다가 문득 시뻘개졌다.[28]

28) 시뻘게졌다.

'누가 거지냐. 누가 돈을 달라더냐.'

은행깍지는 다시 그날 밤으로 보냈던 사람의 집에 들어뜨려졌다.

'양반은 얼어 죽어도…….'

그는 속으로 부르짖었다. 그러나 목이 메어서 그 뒤는 계속하지를 못하였다.

어떤 날 집에 돌아오매 늙은 어머니가 보이지 않는 눈을 연하여 부비며 무슨 비단옷을 짓고 있었다.

"그게 뭐예요?"

어머니는 한순간 눈을 치떠서 A군을 바라볼 뿐, 대답하지 않았다. A군도 다시 묻지 않았다.

저녁 뒤에 어두운 석유불 아래서 어머니는 그 옷을 다시 들었다.

"그게 뭡니까?"

A군은 또 물어보았다. 어머니는 역시 대답이 없었다. A군은 또다시 묻지 않았다.

그러나 한참 뒤에 어머니는 혼잣말같이 말하였다.

"우리는 괜찮지만 출입하는 사람이야 옷 한 벌은

있어야지 않니. 품팔이를 해서라두 옷 한 벌은 장만 해야지…….”

A군은 탁 가슴에 무엇이 받쳐 오르는 것을 깨달았다. 눈이 아득하였다. 그는 얼른 머리를 돌이키고 말았다.

이튿날 그는 낡은 교과서를 한 보퉁이 몰래 싸가지고 집을 나섰다. 그리고 하루 종일 전당국에서 낡은 책방으로, 또다시 전당국으로 돌아다녔으나 80전밖에는 거두지를 못하였다.

C를 찾을까 해보기도 하였으나 죽으면 죽었지 C를 찾지는 못하였다.

'할 수 없다. 이것으로 옷 한 벌은 못해 드리나마 따뜻한 국 한 그릇이라도 끓여드리자.'

그는 저자를 보아가지고 집으로 돌아왔다.

집안은 뜻밖에 봄같이 화기가 돌고 있었다. 그리고 윗목에는 C가 앉아 있었다.

A군은 순간에 불붙는 눈으로 C를 보았다. C도 A군을 쳐다보았다.

"A군, 노여워 말게."

아아, 감격에 넘치는 순간에 사람은 능히 저편 쪽의 심리며 진심까지 귀신과 같이 꿰뚫어 볼 수가 있는 것이다. A군은 C의 눈에서 순정이 흐르는 것을 보았다. 그것은 결코 부르주아의 자비심이 아니고 진정의 마음에서 나온 우애였다.

A군은 둘러보았다.

질소(質素)는 하나마 두텁고 뜨뜻한 옷에 싸여 있는 어머니와 병신 누이동생을…… 그리고 깨끗한 돗자리를…… 또한 두꺼운 이부자리를…….

A군은 C의 앞에 꿇어앉았다.

눈물이 샘솟듯 그의 눈에서 흘렀다.

그리고 A군은 이때에 처음으로 알았다. '순정' 앞에 머리를 숙이는 것은 결코 부끄러운 일이 아닌 것과, 그 앞에 흘리는 눈물이 얼마나 귀엽고 또한 기쁜 것인가를…….

# 시골 황서방

황서방이 사는 ○촌은, 그곳에서 그중 가까운 도회에서 570리가 되고, 기차 연변에서 300여 리며, 국도에서 150여 리가 되는, 산골 조그마한 마을이었다. 금년에 40여 세 난 황서방이, 아직 양복쟁이라고는 헌병과 순사와 측량기수밖에는 못 본 만큼, 그 ○촌은 궁벽한 곳이었다. 그리고 또한, 그곳에서 10리 안팎 되는 곳은 모두 친척과 같이 지내며, 밤에 윷을 서로 다니느니만치 인가가 드문 마을이었다. 산에서 범이 내려와서 사람을 물어 갈지라도, 그 일이 신문에도 안 나리만치 외딴 곳이었다. 돈이라는 것은 10원짜리 지전을 본 것을 자랑 삼느니만큼, 그 동리는 생활의 위협이라는 것을 모르는 마을이었다.

한마디로 말하자면, 그 동리는, 순박하고 질구하고 인심 후하고 평화로운 원시인의 생활이라 하여도 좋은 만한 살림을 하는 마을이었다.

이러한 ○촌에, 이즈음 뜻도 안 하였던 일이 생겨났다.

○촌에, 이즈음, 소위 도회 사람이라는 어떤 양복쟁이가 하나 뛰어들어왔다. 그 사람은 황서방의 집에 주인을 잡았다.

그 동리 사람들은, 모두, 황서방의 집으로 쓸어들었다. 그리고, 그 도회 사람의 별스러운 옷이며 신이며 갓을(염치를 불구하고) 주물러보며, 마치 그 사람은 조선말을 모르리라는 듯이, 곁에 놓고 이리저리 비평을 하며 야단법석하였다.

황서방은 자랑스러운 듯이, (우연히 자기 집으로 뛰어들어온) 그 손님에게 구린내 나는 담배며 그때 갓 쪄 온 옥수수며를 대접하며, 모여든 동이 사람들에게, 그 도회 사람이, 자기 집에 들어올 때의 거동을 설명하며 야단하였다.

며칠이 지났다.

그 도회 사람이, 모여드는 이 지방 사람들에게 설명한 바에 의지하건대, 그는 '흙냄새'를 그려서 이곳까지 왔다 한다.

"여러분들은 흙냄새라는 것을, 그 향기로운 흙냄새를 늘 맡고 계셨기에 이렇게 든든합니다. 아아, 그 흙냄새. 여보시오, 도회에 가보우. 에이구, 사람 냄새, 가솔린 냄새, 하수도 냄새, 게다가 자동차, 마차, 전차, 인력거가 여기 번쩍 저기 번쩍…… 참, 도회에 살면 흙냄새가 그립소. 땅이 활개를 펴고, 기지개를 하는 봄날, 무럭무럭 떠오르는 흙의 향내를 늘 맡고 사는 당신네들의 행복은 참으로 도회인은 얻지 못할 행복이외다. 몇 해를 벼르고 벼르다가, 나도 종내 참지 못하여 이리로 왔소. 그 더럽고 귀찮은 도회를 달아나서 여기까지 왔소. 이제부터는 나도 당신들의 동무요……."

도회 사람은 이렇게 말하였다.

황서방은, 이 도회 사람(우리는 그를 Z씨라고 부르

자)의 말 가운데서, 세 마디를 알아들었다.

자동차와 인력거. 황서방이 이전에 무슨 일로, 150리를 걸어서 국도까지 갔을 때에, (그때는 밤이었는데) 저편에서 시뻘건 두 눈깔을 번득이며 이상한 소리를 하면서 달려오는 괴물을 보았다. 영리한 황서방은 물론 그것이 사람 타고 다니는 것임을 짐작은 하였다. 그러나 ○촌에 돌아온 뒤에는 그것이 한 괴물로 소문났다. 방귀를 폴삭폴삭 뀌며, 땅을 울리면서 달아나는, 돈 많은 사람이 타고 다니는 괴물로 소문이 퍼졌다.

인력거라는 것은 그 이튿날 보았다.

그리고 그 두 가지는 다(Z씨의 말을 듣고 생각해보매) 과시 사람의 생명을 위협하는 무서운 물건일 것이었다.

또 한 가지, 사람의 냄새가 역하다는 것. 사실 ○촌에 잔칫집이라도 있어서 수십 인씩 모이면 역하고 구린 냄새가, 그 방 안에 차고 하던 것을 황서방은 알았다. 그러매 몇 십만(십만이 백의 몇 곱인지는 주판을 안 놓고는 똑똑히 모르거니와)이라는, 짐작컨

대, 억조 동루렁이의 사람들이 구더기와 같이 우글거릴 도회에서는, 상당히 역한 냄새가 날 것이었다.

그 밖에는 황서방에게는 한 마디도 모를 것이었다. 흙냄새가 그립다 하나, 흙냄새도 상당히 구린 것이었다. 봄날 흙냄새는(거름을 한 지 오래지 않으므로) 더욱 구린 것이었다.

전차, 하수도, 가솔린, 이런 것은 어떤 것인지 황서방은 짐작할 수도 없었다.

그러나 황서방은 Z씨의 말을 믿었다. 저는 시골밖에는 모르고, Z씨는 시골과 도회를 다 보고 한 말이매 그 사람의 말이 옳을 것은 당연한 것이다.

흙냄새가 아무리 구리다 할지라도 도회 냄새보다는 좋은 것이라 황서방은 믿었다.

'길에 하루 종일 번듯이 자빠져 있은들 시골에서는 자동차에 칠 걱정이 있겠소, 순사에게 쫓겨갈 걱정이 있겠소? 참 자유스럽소…….'

그것도 또한 사실이고, 당연한 말이었다. 황서방은 그러한 시골에서 생겨난 자기를 행복스럽다 하였다.

그러나, 서나 달 뒤에 그 Z씨는 시골에 대하여 온갖

욕설을 다하고 다시 도회로 돌아갔다. Z씨는, 몰랐거니와 흙냄새는 매우 역하다 하였다. 도회에서는 하루 동안에 한나절씩만 주판을 똑딱거리면 매달 5,000냥씩 들어오던 자기가, 여기서는 땀을 뻘뻘 흘리며 손을 상하며 일을 하여야 1년에 5,000냥 들어오기가 힘드니, 시골이란 재간 있는 사람은 못 살 곳이라 하였다.

10리나 100리라도 걸어서 밖에는 다닐 도리가 없으니, 시골은 소나 말이나 살 곳이라 하였다. 기생도 없으니 점잖은 사람은 못 살 곳이라 하였다. 읽을 책도 없으니 학자는 못 살 곳이라 하였다. 양요리가 없으니 귀인은 못 살 곳이라 하였다.

이 말을 듣고 황서방은, Z씨가 간 다음 사흘 동안을, 눈이 퀭하니, 밥도 안 먹고 있었다.

Z씨의 말은, 모두 다 또한 정말이었다. 아직껏 곁집같이 다니던 최 풍헌의 집이, 생각해보면 참 멀었다. 15리! Z씨가 진저리를 친 것도 너무 과한 일은 아닐 것이다.

옛말로 들은 바, 기생이라는 것이 없는 것도 또한

사실이었다.

재미있는 책이라고는 『임진록』 한 권이(그것도 서두와 꼬리는 없는 것) ○촌을 중심으로 삼은 30리 이내의 다만 하나의 책이었다.

더구나 그 근처 일대에, 주판 잘 놓기로 이름난 황서방이, 도회에서는(Z씨의 말에 의지하건대) 매달 5,000냥 수입은 될 황서방이, 손에 굳은살이 박이며 땀을 흘리며 천신만고하여 1년에 거두는 추수가 6,000냥 내외였다.

게다가 감자를 먹고…… 거름을 주무르고…….

두 달이 지났다.

그때는, 황서방은 자기의 먹다 남은 것이며 집이며 세간살이를 모두 팔아가지고 도회로 온 지 벌써 한 달이나 된 때였다.

황서방은 자기의 것을 모두 팔아서 6,000냥이라는 돈을 긁었다. 그 가운데서 집세로 600냥이 나갔다. 한 달 동안 구경하며 먹어 가는데 2,000냥이 나갔다.

여름밤의 도회는 과연 아름다웠다. 불, 사람, 냄새,

집, 소리, 모든 것은 황서방을 취하게 하였다. 일곱 냥 반을 주고 아이스크림도 사 먹어보았다.

또한 소리, 불, 사람, 냄새, 보면 볼수록 도회의 밤은 사람을 취하게 하였다. 아이스크림, 빙수, 진열장, 야시…… 아아, 황서방은 얼마나 이런 것을 못 보는 최풍헌이며 김 별장을 가련히 생각하였으랴!

동물원도 보았다. 전차도 간간 타보았다. 선술집의 한잔의 맛도 괜찮은 것이고, 길에서 파는 밀국수의 맛도 또한 황서방에게는 잊지 못할 것이었다.

도회로 오기만 하면 만나질 줄 알았던 Z씨를 못 만난 것은 좀 섭섭하지만, 그것도 황서방에게는 불편되는 일은 없었다.

아아, 도회, 도회…… 과연 시골은 사람으로서는 못 살 곳이었다.

황서방이 도회로 온 지 넉 달이 되었다. 인젠 밑천도 없어졌다.

'이제부터……'

황서방은 의관을 정히 하고 큰 거리로 나가서 어떤 큰 상점을 찾아갔다.

그리고 자기는 주판을 잘 놓는데 써달라고 부탁을 드렸다. 그러나 의외로 황서방은 첫마디로 거절당하였다.

황서방은 다른 집으로 찾아갔다. 그러나 거기서도 또한 거절당했다.

저녁때, 집에 돌아올 때는 황서방의 얼굴은 송장과 같이 퍼렇게 되었다.

이런 일이 어디 있나? 첫마디로 승낙할 줄 알았던 일이, 오늘 30여 집을 다녔으나 한 곳에도 승낙 비슷한 것도 못 받고 거러지[29]나 온 것 같이 쫓겨나왔으니, 인제 어쩐단 말인가.

이튿날의 경과도 역시 같았다. 사흘, 나흘, 황서방의 밑천은 한 푼도 없어졌는데 매달 5,000냥은커녕 500냥으로 고용하려는 데도 나타나지 않았다.

굶어? 황서방은 인제 할 수 없이 굶게 되었다. 아직 당해보기는커녕 말도 못 들었던 '굶는다'는 것을, 황서방은 맛보게 되었다.

---

29) '거지'의 강원, 경상, 함경 방언. '거지, 걸인'을 뜻하는 경상도 사투리.

그런들 사람이 굶기야 하랴! 황서방은 사람의 후한 인심을 충분히 아는 사람이었다. 아직껏 그런 창피스러운 일은 해본 적은 없지만 ○촌에서 20리를 떨어져 있는 ○촌에 쌀 한 말 얻으러 갈지라도 꾸어주는 것을 황서방은 안다. 사람이 굶는다는데 쌀 한 말 안 줄 그런 야속한 화냥놈은 없을 것이었다.

황서방은 곁집에 갔다. 그리고 자기는 이 곁집에 사는 사람인데, 여사여사하다고 사연을 한 뒤에, 좀 조력을 해달란 이야기를 장차 끄집어내려는데, 그 집에서는 벌써 눈치를 챘는지,

"우리두 굶을 지경이오!"

하고는, 제 일만 보기 시작하였다.

황서방은 그것도 그럴 일이라 생각하였다. 사실, 그 집도 막벌이 하는 집이었다.

황서방은 다시 한 집 건너 있는 큰 기와집으로 찾아갔다. 그가 중대문에 안에 들어설 때에, 대청에 걸터앉아서 양치를 하고 있던 젊은 사람(주인인지)이, 웬 사람이냐고 꽥 소리를 질렀다.

"네? 저…… 뭐……."

황서방은 다시 나오고 말았다.

황서방은 마침내 도회라는 것을 알았다. 도회에서 달아나던 Z씨의 심리도 알았다. 그러나 Z씨가 다시 도회로 돌아온 그 심리는? 그것도 Z씨가 도로 도회로 돌아올 때에 한 말을 씹어보면 알 것이었다. 도회는 도회 사람의 것이고, 시골은 시골 사람의 것이다.

천분! 천분! 천분을 모르고 남의 영분에 침입하였던 황서방은 이렇게 실패하였다. 황서방은 인제 겨우 자기의 영분을 깨달았다. 그리고 사람은, 저 할 일만 제가 할 것임을 깨달았다.

이튿날 새벽, 황서방은 떠오르는 해를 등으로 받고, 주린 배를 움켜쥐고, ○촌에서 150리 밖을 통과하는 K국도를 더벅더벅 걸었다.

# 신앙으로[30)]

## 1

“아버지 날까요?”

열두 살 난 은희는 아버지의 얼굴을 쳐다보면서 근심스러이 이렇게 물었다.

“글쎄 내니 알겠냐. 세상의 만사가 하나님의 오묘하신 이치 가운데서 돼 나가는 게니깐 하나님을 힘입을 밖에야 다른 도리가 없지.”

아버지도 역시 근심스러운 얼굴로 이렇게 대답하였다.

30) 信仰으로

집안은 어두운 기분에 잠겼다. 네 살 난 막내아들의 위태한 병은 이 집안으로 하여금 웃음과 쾌활을 잊어버린 집안이 되게 하였다.

어린 만수의 병은 처음에는 대수롭지 않은 고뿔에서 시작되었다. 그 고뿔은 며칠이 걸리지 않아서 거의 나았다. 그러나 거의 나았을 때에 어린애의 조르는 대로 한 번 밖에 업고 나갔던 것이 큰 실수였었다. 만수의 병은 갑자기 더하여졌다. 병은 기관지로 하여 마침내 폐에까지 미쳤다….

온 집안은 힘을 다하여 간호하였다. 소아과(小兒科)의 이름 있는 의사가 하루에 두 번씩 만수의 병을 보러 왔다. 태평양과 인도양을 건너서 온 여러 가지의 약이 만수 때문에 조제되었다. 찜 흡입 복약 주사, 의학의 정교함을 다하여 의사는 만수를 위하여 자기의 지식을 쏟아 놓기를 아끼지 않았다.

그러는 일면 그 집에서는 어린 만수의 쾌차되기를 하나님께 빌기를 또한 잊지 않았다. 아니 차라리 기도가 첫째고 의학의 정이 버금이 된다고 하고 싶을 만치 기도에 정성을 다하였다.

"뜻대로 하시옵소서. 그러나 만약 이 어린애를 저의 집안에 그냥 살려두어 주시는 것이 아버님의 뜻에 과히 거슬리지만 않거든 아버님의 이 충성된 종을 위하여…."

그들은 이렇게 기도하였다.

그 가운데서도 은희의 정성과 기도는 가장 컸다. 세상의 많은 누이들이 어린 동생에게 가지는 가장 큰 사랑을 만수에게 가지고 있는 은희는 몸부림까지 쳐 가면서 기도하였다—.

"아버지, 만수를 살려 주세요. 무슨 죄가 있읍니까. 아직 말도 변변히 못하는 어린애가 무슨 죄를 지었길래 벌써 데려가시렵니까. 낫게 해 주세요. 죽고 사는 것은 아버지께 달렸읍니다."

은희는 마치 억지 쓰듯 이렇게 기도하고 하였다.

그러나 정성을 다한 기도도 의학의 정교도 자연의 힘에 비기건대 아무것도 아니었다. 만수의 병은 나날이— 아니 각각으로 더하여 갔다.

기운이 진하여 울지도 못하는 어린애가 답답한 듯이 입맛을 연하여 다시며 조금의 시원함이라도 보려고 연방 손을 휘젓는 양이며 쌕쌕거리는 숨소리는 과연 듣기 힘든 것이었었다. 아버지와 어머니는 어린애가 안타까와서 헤적일 때마다 차마 보지 못하겠다는 듯이 머리를 돌이키고 하였다. 한숨조차 쉬지 못하였다.

그러나 은희는 잠시도 그에게서 눈을 떼지를 않았다. 자기가 머리를 돌이킨 뒤에 어린애가 죽어 버리면 어쩌나 하는 근심은 그로 하여금 눈을 잠시도 어린애에게서 떼지 못하게 하였다. 속으로 하나님께 정성의 기도를 드리면서도 그의 눈은 어린 동생에게 향하여 있었다.

"구하는 자에게는 주시며—."

성경의 이 한 구절은 성경 전체의 다른 많고 많은 구절 가운데서 가장 귀한 구절로 은희에게는 보였다.

'구하라— 주시리.'

"—아버님 만수를 살려 주세요. 꼭 아버님께 한 죽음이 쓸데 있으며 저를 불러 가세요. 저는 죄를 많이 지었읍니다. 죽어도 쌉니다. 그러나 만수야 무슨 죄가 있읍니까. 꼭 낫게 해주세요. 구하면 주시는 아버님이시여.”

아직 남을 의심할 줄을 모르는 소녀는 정성과 믿음을 다하여 어린 동생을 위하여 기도하였다

## 2

어린애의 목숨은 마침내 의사도 내어던졌다. 과학과 숫자로 짜 내어 어린 만수의 목숨은 인제는 어떠한 힘으로라도 구할 수가 없다고 단안을 내렸다.

그러나 은희는 그 말을 믿지를 않았다. 그 말의 뜻조차 알 수가 없었다.

‘믿음은 태산이라도 움직이느니라.’

‘구하는 자에게는 주시며.’

이러한 성경 구절은 이이는 사와 삼삼은 구보다도 은희에게는 더 정확하고 믿음직한 말이었다. 믿음은 가장 크다. 그 믿음으로써 어린애의 쾌복되기를 하나님께 구하는 이상에야 왜 쾌복이 안 되랴? 만수의 병은 쾌복된다. 만수는 가까운 장래에 다시 자기의

손에 끄을리어서 눈깔사탕을 사 먹으러 거리에 나간다. 의사? 의사의 말이 무에냐. 하나님의 오묘하신 예산을 의산들 어찌 알랴. 은희는 더욱 정성을 다하여 하나님께 기도를 하였다.

더구나 그의 아버지가 하던 기도에,

"아버님이시여 이 어린애의, 영혼을 아버님의 나라로 보내오니 받으시옵소서."

하는 말에는 은희는 기도고 무에고[31] 내어던지고 아버지의 무릎 위에 몸을 쓰러뜨렸다. 그리고 안타까운 듯이 발버둥이질을 쳤다. 왜 만수를 살려 달라 기도드리지 않고 영혼을 받아 달라고 기도드리느냐는 것이 은희의 발버둥치는 까닭이었었다.

아버지는 은희의 머리를 쓸어 주었다.

"그럼 구하는 자에게는 주시지- 구하는 자에게는 주시지만-."

아버지는 이뿐, 입을 닫쳤다. 그리고 한참 은희의 머리만 쓸어 주다가 다시 입을 열었다—.

31) 무엇이고

"주시기는 하지만 이미 억만 년 전부터 작정하신 일이야 우리 소소한 인생인들 구한다고 어떻게 주시겠느냐. 우리는 우리 정성껏 억지나 써 보고 주시고 안 주시는 건 하나님께 달렸느니라."

아버지는 한숨과 함께 이렇게 말하였다.

그러나 이 말은 은희에게는 알아듣지 못할 말이었었다. 어른에게는 어른의 지식과 판단과 이론이 있는 것과 같이 어린애에게는 어린애로서의 지식과 판단과 이론이 있었다. 만약 아버지의 말이 옳다 할진대 성경에, '구하는 자에게는 경우에 따라서 주시기는 하느니라'고 하지 않으면 안 될 것이었었다.

반드시 주실 것이기에 주시마 했지 경우에 따라서야 주실 것이면 성경에 그렇게는 씌어 있지 않으리라는 것이 은희의 이론이었었다.

그러나 이 은희의 이론을 무시하고 어린애는 저녁에 마침내 죽었다. 집안이 둘러앉아서 어린애의 영혼을 위하여 기도하는 가운데서 어린애는 마침내 이 세상을 버렸다.

그날 밤 은희가 정신을 못 차리고 울리라는 부모의

예기에 반하여 은희는 울지 않았다. 하—얀 헝겊을 덮어 놓은 어린애의 시체의 머리맡에 꼭 붙어 앉아서 은희는 눈만 깜박 하고 있었다. 울음은커녕 한숨조차 쉬지 않았다.

'구해도 안 주신다.'

그는 이런 생각을 하고 있었다.

"인젠 수고도 다 했다. 며칠을 못 자더니 오늘은 좀 자라."

어머니가 이렇게 말할 때에도 은희는 못 들은 듯이 그냥 앉아 있었다.

만수와 함께 세상의 광명의 전부를 한꺼번에 잃어버린 그에게 졸음이 올 리가 만무하였다. 그의 입술과 혀는 바작바작 말랐다. 콧속이 꺽꺽 붙었다.

이튿날 장례를 따라갈 때에도 그는 눈물 한 방울을 흘리지 않았다. 말도 한 마디도 안하였다.

'구하라. 그러면 주시리니.'

허공과 같이 된 그의 머리에는 아무 실마리 없이 때때로 이 성경 구절이 휙 하니 지나가고 하였다. 그러나 그뿐 그 생각에는 앞도 없고 꼬리도 없었다….

## 3

만수를 잃은 뒤에도 은희의 집안의 생활은 그다지 변화가 없었다. 은희의 생활에도 변화가 없었다. 학교에 갔다가 돌아와서는 혹은 놀고 혹은 공부하고 수요일의 저녁과 일요일은 예배당에를 출석하고―. 이러한 그의 생활의 프로그램에는 아무 변동도 안 생겼다.

그러나 사랑하는 동생 만수의 죽음이 어린 은희의 마음에 영향된 그 그림자는 컸다. 아직껏 남을 의심할 줄을 모르던 은희의 마음에는 이때 비로소 의심의 종자가 뿌려졌다.

의심은 지식의 근원이라고 옛날 철인(哲人)이 우리에게 가르쳤다. 온갖 사물을 정면으로 받아서 그냥 들어삼키던 은희는 만수의 죽음에서 처음으로 모든 것의 뒤에는 거짓이 있다는 것을 무의식중에 깨달았다. 물론 이러한 생각이 그의 머리에 명확히 들어박힌 바는 아니었었다. 그러나 은연중 그의 온갖 사물과 이야기를 들어삼키기 전에 그것을 씹어 보는 방법을 배웠다. 그리고 그것이 어느덧 그의 버릇으로까지 되었다.

예배당도 여전히 다녔다. 사경회에도 다녔다. 새벽 부흥회에도 어린 눈을 부비며 다녔다. 식전 식후와 잠자기 전후와 출입 전후에 드리는 기도도 역시 여전하였다. 그리고 자기로서도 신앙에 대한 흔들림이 생긴 줄은 뜻도 안하였다.

"아버님께서 이런 맛있는 음식을 주시니 고맙게 먹겠읍니다."

"오늘 하루를 아버님의 은총 중에 무사히 지낸 것을 감사하오며 이 밤도 또한 넓으신 사랑 가운데 편히 쉬게 하여주시기를 바라옵나이다."

이러한 기도를 때를 갈라서 정성껏 드렸다.

그러나 만수의 죽음에서 생겨난 어린 마음에 받은 바의 커다란 상처와 그 상처의 산물인 회의는 그의 마음에서 그도 모르는 틈에 점점 성장하였다. 습관에 의지한 그의 종교 의식적 생활과는 독립하여 그의 마음의 한편에서는 그와 반대되는 마음이 차차 자랐다.

"예수를 믿으세요. 예수를 안 믿으면 지옥에 갑니다. 천당에 가려거든 예수를 믿으세요."

전도회 때마다 길에 지나다니는 사람들을 붙들고 맑은 눈을 치뜨고 이렇게 전도하는 자기의 마음이 신앙에 대한 흔들림이 생겼다고 누가 은희에게 들려주는 사람이 있으면 은희는 오히려 그 사람을 미친 사람으로 밖에는 볼 수가 없을 것이었었다. 그러나 그러한 가운데서도— 신앙에 대한 회의는 점점 더 커 갔다.

그러나 이런 일이 있었다. 그것은 만수가 죽은 지 이태 뒤의 일이었었다.

은희와 같은 조(組)에 다니던 생도 하나가 병이 위독하여졌다. 보름을 상학을 못한 뒤에 마침내 학교에 이제는 살아날 가망이 없다는 기별이 왔다.

선생의 인솔 아래 그 조(組) 생도들은 모두 병든 벗을 위문키 위하여 그 생도의 집으로 찾아갔다. 여위고 여윈 그 생도는 많은 동무들이 온 것도 모르는지 앓는 소리도 못 내고 눈을 감은 채로 숨만 허덕이고 있었다. 이불의 들석거리는[32] 푼수로 보아서 여윈 가슴의 들먹거리는 모양을 짐작할 수가 있었다.

선생의 지휘 아래 위문 간 아이들은 앓는 동창의 위독한 목숨을 구하여 달라 엎디어 하나님께 기도를 드렸다. 생도들은 거의 다 흐늑흐늑 느껴 울었다. 소리를 내어 우는 생도까지 있었다. 그것은 과연 비창하고도 경건한 시간이었었다.

종교적 정열과 소녀로서의 감정에 들뜬 생도들은 그 집에서 나오면서 모두 경건한 마음 가운데서 우리가 이만큼 정성을 다하여 기도하였으면 그 애의 병도 좀 나으리라고 수군들 거렸다.

그러나 은희뿐은 그 말에 참견치 않았다. 아까 기도할 때에도 그는 머리를 수그렸으나 눈을 말똥말똥 뜨고 있었다.

'구하는 자에게는 주시리니.'

이러한 가운데서 그는 이태 전의 일을 다시금 머리에서 꺼내 보았다.

---

32) 들썩거리는

# 4

은희는 보통학교를 마치고 고등학교로 갔다.

과학적 지식의 진보는 종교적 정열의 소멸을 뜻함이었다. 삼에 삼을 가하면 육일 것이다. 삼에서 삼을 감하면 영일 것이다. 삼을 삼 곱하면 구일 것이다.

삼을 삼분하면 일일 것이다. 이 원칙에 어그러지는 일은 지식으로서 받아들일 수는 도저히 없었다. 더구나 어렸을 때에 벌써 회의(懷疑)라 하는 문을 열고 들어선 은희는 감정적으로보다 오히려 이지적으로 발달된 처녀이었다.

그의 표면적 의식적 생활에는 여전히 커다란 변동은 없었다. 소녀기에서 처녀기로 들어선 그 변화에서 생긴 변동은 있었으나 눈에 나타날 만한 변동은 없었다.

그는 교회의 찬양대에 들었다. 아직 채 피지도 못한 처녀로서의 깜트트한[33] 은희의 얼굴은 이쁘지는 못

33) (기본형) 까무트름하다(얼굴이 까무스름하고 토실토실하다). '까마무트름하다'의 준말.

하였다. 웃을 때에는 입이 몹시 넓었다. 좌우 입가에는 웃을 때마다 커다란 주름이 몇 개씩 보였다. 턱과 목에도 살이 올라붙지 않았다. 어깨에도 뼈의 그림자가 적삼 위까지 두드러졌다.

그러나 그의 눈만은 놀랄 만치 맑고 크고 광채가 있었다. 그 위에 장식된 눈썹도 검고 이뻤다. 목소리는(누가 캘리쿨치라고 변명을 지을이만치) 아름다왔다. 그리고 이 아름다운 눈과 목소리는, 찬양대의 가장 나이 어린 은희로 하여금 가장 남의 눈에 띄게 하였다.

찬양대에 든 뒤부터는 예배당에 다니는 재미가 더하여졌다. 매 일요일이 몹시도 기달리었다. 그리고 일요일마다 어머니가 내주는 새 옷을 입은 뒤에 예배당에 가서 꾀꼬리와 같은 목소리를 돋구어서 찬양대의 찬양을 더욱 아름답게 하는 재미는 여간한 다른 재미와는 비교하지 못할 것이었었다.

더구나 학교 주최로서 종교에 대한 웅변회가 열렸을 때에 은희는 종교 신앙에 대하여 열변을 토하였다. 종교 신앙을 가지지 못한 사람의 마음의 불안과 신앙에서 받는 바의 안심에 대하여 그는 까마티한 이마에 핏줄을 일어세워 가지고 열변을 토하였다. 그리고 각색 종교의 가운데 예수교가 가지고 있는 지위와 가치를 논하였다.

"장래의 큰 일꾼."

"하나님의 귀한 기둥."

교역자들은 그의 머리를 쓰다듬어 주면서 은희를 이렇게 칭찬하였다. 그리고 그의 장래를 많이 촉망하였다.

그러나 이때는 은희는 예수에게 대한 신앙은 온전히 잃었을 뿐 아니라 의식적으로도 자기가 예수교의 신앙에 흔들림이 생긴 것을 깨닫기 시작한 때였었다. 예수교를 반대하는 사람들 앞에서는 그는 목에 핏줄을 세워 가지고 예수교를 변호하였다. 반대하는 사람의 반대 이유를 깨뜨려 버리기 위하여 그는 미약하나마 자기 머리에 들어앉은 과학 지식의 전부를 다 썼다. 그러나 예수교를 칭찬하는 노파들 앞에서는 또한 노골적으로 예수의 결점을 들추어내기를 결코 주저치 않았다. 그리고 어려서부터 예수교의 품안에서 생장한 은희는 과학적 해부안(解剖眼)과 비판력이 생기기만 하면 그 결점을 드러내기에는 가장 적당한 사람에 다름없었다.

역시 종교를 배경으로 한 학교를 다녔다. 역시 예배당에 다녔다. 찬양대의 화형 대원(花形隊員)이었었다. 유년 주일학교의 선생이었었다. 전도대로 나서면 그 상쾌하고 똑똑한 변설로 가장 새로 믿는 자를 많이 끄을어오는 일꾼이었었다. 그러한 은희는 교회에서는 가장 사랑받는 처녀의 한 사람이었었다. 그러나 그의 마음에만은 예수에 대한 신앙과 정열은 하나도 없어졌다.

그의 하는 모든 종교 의식은 흥미—흥미로써 설명이 안 된다면 다만 전부터 하여오던 일이매 그냥 계속하여 행하는 데 지나지 못하였다. 구하는 자에게는 주어? 여기 대한 분노는 지금은 한낱 비웃음으로 도수가 낮아는 졌지만 낮아진 도수는 종교에 대한 정열과 상쇄된 분량에 다름없었다.

## 5

은희의 나이가 열여덟이 되었다.

까마티하던 그의 살빛은 부-옇고 희게 빛났다. 웃을 때에 생기던 입술의 주름 대신으로 왼편 볼에는 이쁘다랗게 우물이 생겼다. 턱을 달걀같이 장식한 그의 살은 목까지 넘어가서 목의 윤곽을 아름답게 하고 어깨를 둥그렇게 하였다. 거기 맑고 광채 나는 두 눈은 시꺼먼 눈썹 아래서 그의 얼굴을 더욱 화려하게 꾸몄다.

그해 봄 그는 고등학교를 끝내고 그 학교 음악부로 들어갔다. 이쁜 가운데도 그래도 좀 갈린 듯한 고음(高音)이 섞여 있던 그의 목소리는 이제는 원숙하여졌다. 음악부 가운데서도 그는 가장 아름다운 목소리의 주인이었었다.

이 해를 중축삼아 가지고 그의 마음에는 커다란 변동이 생겼다. 원숙한 처녀의 마음은 누구든 숭배하고 존경할 대상을 요구하였다. 자기로서는 그 까닭을 알지 못하였지만 은희는 때때로 예고 없이 자기를 엄습

하는 감정의 물결에 위압되어 책상에 기대고 운 적이 많았다. 앉을둥 말둥 자기의 몸과 행동을 지배할 판단을 얻지 못하여 마음이 뒤숭숭하여지는 때도 흔히 있었다.

밤중에 밝은 전등 아래서 거울과 마주 앉아서 기껏 핀 자기 얼굴을 들여다볼 때는 이 뜻 없고 흥미 없이 지나가려는 청춘 때문에 마음으로 발을 동동 구른 때가 여러 번 있었다.

그러나 마음의 경건함은 조금도 줄지를 않았다. 때때로 이름뿐은 아는—혹은 알지도 못하는 사내에게서 편지를 받은 일이 있었다. 그러한 편지를 그는 속을 펴 보지도 않고 그냥 불살라 버렸다. 편지를 보냈음직한 사내를 길에서 혹은 예배당에서 볼 때에는 얼굴에 탁 침이라도 뱉어 주고 싶었다. 그러한 천박한 행동에 대한 경멸감은 비록 종교의 신앙을 잃었다 하나 경건함을 자랑하는 은희에게는 타기할 일에 다름없었다. 찬양대에 나서서 찬송을 할 때에도 한 번도 남자 쪽을 곁눈질도 해보지 않았다.

'구하기 쉽잖은 처녀.'

은희의 이름은 이러한 형용대명사 아래서 차차 높아 갔다.

그해 크리스마스에 그 학교에서는 종교극을 하였다. 은희는 성모 마리아로 분장하였다.

그것은 거룩하고도 엄숙한 장면이었다. 예수는 세상 사람의 죄악을 대신하여 십자가에 못박혀서 세상을 떠났다. 그 십자가 아래 성모 마리아는 사랑하는 아드님의 최후를 통곡하였다. 비록 예수의 죽음은 커다란 의(義)에서 나온 일이라 하되 마리아의 견지로 보면 그것은 다만 사랑하는 아들의 죽음이라는 것 밖에는 아무 뜻도 없었다. 사랑하는 아들의 비참한 최후에 마리아는 목을 놓아서 통곡하였다.

관중도 눈물 머금었다. 그것은 성극이 아니요 인정극이랄 수가 있는 장면이었었다. 이 장면을 할 때에 은희는 스스로 감격되어(연극이 아니요) 정말로 목을 놓아 처 울었다.

이 날을 기회로 은희의 마음은 뒤집어 놓은 듯이 변하였다.

그는 찬양대원의 자리를 사퇴하였다. 유년 주일학

교의 교사라는 명목도 집어던졌다. 이러한 경박한 혹은 한날 의식에 지나지 못하는 명색들을 집어치우고 한 개의 진실한 교인이 되고자 한 것이었었다.

예수의 비참한 희생은 그의 마음을 움직인 것이었었다. 다른 온갖 것을 보지를 않더라도 세상을 위하여 자기의 목숨을 바쳤다 하는 것은 처녀 은희의 마음을 움직이기에 넉넉하였다. 몸소 성모 마리아로 분장을 하고 그 비통한 장면을 연출할 때에 그때에 받은 감격은 그로 하여금 예수의 다시 보지 못할 커다란 희생에 대한 존경과 애모의 염을 솟아나게 한 것이었었다.

"예수시여."

때때로 몸을 고민하듯이 떨며 하소연하는 자기를 그는 발견하게 되었다.

## 6

그 뒤부터는 은희는 눈에 뜨이는 새로운 성화(聖畵)

는 할 수 있는 대로 구하여다가 자기 방에 장식하였다. 성모의 품에 안긴 예수, 열두 살 때에 학자들과 지식을 다투는 예수, 제자들을 가르치는 예수, 십자가를 진 예수, 가시관을 쓴 예수, 십자가 위에 달린 예수, 승천하는 예수—가지각색의 크고 작은 성화는 그의 방 사벽에 장식되었다.

그는 할머니 같아졌다. 그와 동갑세의 처녀들이 멋을 부리느라고 예배당에를 다니고 찬양대에 들고 전도대에 다닐 동안 그는 예배당 한편 구석 어둑 신한 곳에 앉아서 떨리는 듯한 경건한 마음으로 묵도를 하고 있었다. 부활제에 새벽 찬송을 하러 돌아다니자는 권고도 단연히 거절하여 버렸다. 그러한 모든 유흥 기분이 섞인 행동을 그는 독신(瀆神)으로 보았다.

처녀의 온 정열을 예수에게 바친 은희는 세상사에는 매우 무심하였다. 연애를 하느라고 울며 불며 하는 동무를 대단한 경멸감으로써 내려다보는 은희였었다.

"은희는 꼭 올드미스 같아."

친구들이 이렇게 놀리는 말도 은희는 코웃음으로

들을 수가 있었다. 한때 청춘의 은희에게 일어났던 떨리는 듯한 괴상한 감정은 그의 마음에 예수에 대한 애모의 염이 일기 시작한 뒤부터는 어느덧 사라져 없어졌다. 그리고 그때의 그 정열은 죄다 예수에게 부어졌다.

은희는 자기의 예수에게 대한 애모의 감정이 처녀로서의 터져 오르려는 '청춘'인 줄은 뜻도 안하였다. 넘쳐 나려는 마음속의 사랑의 불길이 갈 바를 알지 못하고 헤매다가 그의 앞에 나타난 한 환영—예수의 위에 부어진 줄은 뜻도 안 하였다. 뿐만 아니라 누가 있어서 그러한 말로써 그를 깨우쳐 준다 하면 그는 오히려 그 사람의 하나님을 저퍼하지[34] 않는 무서운 말에 몸을 떨 것이었었다.

"예수시여."

그는 때때로 몸을 고민하듯이 떨면서 예수의 존영을 쳐다보며 이렇게 하소연하였다.

어떤 날 저녁이었었다. 밤 기도회에서 좀 늦게 돌아

---

34) 저퍼ᄒᆞ다: '두려워하다'의 옛말

온 은희는 책상 귀에 의지하고 앉았다. 그의 꼭 눈 맞은편에는 다빈치의 소화(素畵)인 예수의 존영의 사진판이 걸려 있었다. 그것은 예수의 다른 존영과 달리 수염이 없는 존영이었었다. 좀 머리를 한편으로 갸웃하고 눈을 감고 얼굴에는 고민하는 표정이 나타나 있는 것을 그린 존영으로서 표정의 위재(偉才) 다빈치의 붓끝으로 되니만치 고민하는 가운데서도 온화함과 사랑에 넘치는 얼굴은 넉넉히 알아볼 수가 있었다. 그리고 그 존영은 은희가 가장 좋아하는 예수의 화상이었었다.

은희는 책상 귀에 의지하고 앉아서 그 존영을 바라보고 있었다. 깊은 밤 고요한 데서 바라보는 존영은 다른 때에 보는 것과도 그 받는 감동이 달랐다.

한참을 정신없이 바라볼 동안 그림의 예수의 눈이 조금 벌려졌다. 그리고 그 조금 벌려진 틈으로 동자를 천천히 구을려서 은희를 바라보았다.

은희는 몸을 떨었다. 그의 눈은 미칠 듯이 광채가 났다. 얼굴에는 차차 피가 떠오르기 시작하였다. 숨소리조차 차차 높아 갔다.

'예수시여.'

은희가 펄떡 정신을 차릴 때는, 그는 어느덧 그 존영을 끌어다가 뺨에 대고, 정신없이 그 존영에다가 자기의 '처녀의 부드러운 뺨'을 부비고 있던 것이었었다.

그는 자기가 방금 행한 독신의 죄를 뉘우칠 여유도 없었다. 자기의 한 행동이 어떤 것인지 살펴볼 여유조차 없었다. 펄떡 정신을 차리는 순간 그는 그 자리에 쓰러져서 처녀의 북받쳐 오르는 정열에 울었다. 울고 울고 또 울었다.

## 7

은희는 스무 살 나는 해 봄에 결혼하였다.

그의 남편 되는 사람은 역시 예수교의 어떤 교역자의 아들이었다. 나이는 스물여덟 은희와는 두 번째 결혼. 은희의 정열은 자기의 앞에 나타난 이 이성의 위에 마침내 맹렬하게 불붙어 올랐다. 그의 앞에는 처음으로 정당히 사랑할 사람이 나타난 셈이었었다.

신혼의 생활은 꿈과 같았다. 남편은 안해를 사랑하였다. 안해는 남편을 사랑하였다. 그리고 두 사람은 한결같이 그리스도를 믿고 힘입었다. 수요일의 저녁과 일요일마다 새로운 부처는 팔을 겯고 예배당에 다녔다. 그리고 돌아올 때마다 예수의 넓은 덕을 칭송하였다.

신혼한 색시의 방에도 처녀 시절에 자기 방에 장식하였던 그리스도의 존영을 장식하는 것을 은희는 결코 잊지 않았다. 그리고 이로써 남편과 자기의 새의 의사가 더욱 소통되는 듯이 여기고 있었다. 같은 신자로서 같은 사람을 존경하고 사모하는 것은 그들로 하여금 더욱 밀접히 하는 돌쩌귀가 될 것이므로…….

그러나 혼인한 지 얼마 뒤에 어떤 날 어디 나갔다가 돌아온 은희는 방 담벽에서 다빈치의 그리스도의 존영을 발견하고 그것을 들여다 볼 동안 그 존영이 몹시도 낯설어진 데 오히려 놀랐다. 동시에 그는 처녀 시절에는 매일 무시로 바라보고 사모하던 그 존영을 이즈음 두 달이나 거진 한 번도 살펴보지 못한 것을 경이에 가까운 마음으로 기억에 일으키지 않을 수가 없었다.

거기서 생겨나는 외로움조차 느꼈다.

그날 밤 그의 남편은 무슨 일로 좀 늦게 돌아오게 되었다. 그 조용한 틈을 타서 은희는 다빈치의 예수의 존영을 내리어서 전등갓 가까운 데 갖다가 걸었다. 그리고 그 앞에 앉아서 그 그림을 바라보았다. 처녀 시절에 그 그림으로 말미암아 생겨나던 정열을 한 번 다시 느껴 보고 그 감격에 다시 한 번 잠겨 보고자 한 것이었었다. 아무리 그리스도에게 대한 경애의 염은 사라지지 않았다 하나 은희는 결혼한 이래로 아직 한 번도 이전에 처녀 시절에 맛보는 만한 정열과 동경을 그리스도에게 느껴 본 적이 없었던 것이었었다. 그러나 예수의 존영에 눈을 던졌던 은희는 그 던졌던 눈을 곧 다시 다른 데로 옮기지 않을 수가 없었다. 눈은 감고 있다 하나 수염도 없고 아주 이쁘장스런 사내의 고민하는 얼굴과 온화한 표정은 인처(人妻)인 은희로서는 정면으로 바라볼 수가 없었다. 그리스도의 예쁘장한 화상을 바라보고 거기 대하여 괴상한 감정이 북받치려 할 때에 은희의 마음에 물건의 그림자와 같이 움직인 것은 그의 남편의 일이었었다. 그리고 화상의 그리스도는 그때의 은희의 눈에는 성자도 아니요 신도 아니요 한 개의 미남자에 지나지 못하였다.

그는 남편에게 대하여 큰 죄를 범한 듯이 그 그리스도의 존영을 내리어서 곧 책상 위에 엎어 놓고 말았다.

이튿날은 다빈치의 예수의 존영이 들었던 비단 사진틀에는 은희의 손으로 은희의 남편의 사진이 들어갔다. 그리스도의 존영은 책갈피에 끼워서 책상 속으로 들어갔다.

책상 위에 놓인 남편의 사진을 바라볼 때에 은희는 이전 처녀 시절에 예수의 화상을 바라볼 때에 느낀바 감정과 근사한 감정을 느꼈다.

그 뒤 어떤 일요일 날 은희는 예배당에서 문득 아무 까닭 없이 공중에서 흐느적거리는 다빈치의 그리스도의 화상을 보았다. 은희는 머리를 힘 있게 저어서 그 그림자를 머리에서 지워 버리려 하였다. 그러나 지우려면 지우렬수록[35] 그 그림자는 더욱 분명히 보였다. 이쁘장하게 닫긴[36] 입과 온화하게 닫긴 눈은 고민하는 듯한 얼굴을 배경으로 더욱 분명히 은희의 눈에 보였다. 은희는 예배를 끝내지도 않고 그만 집으로 돌아오고 말았다.

## 8

그 뒤에도 예배당에 갈 때마다 은희는 그리스도의 화상을 공중에서 보았다.

이쁘장스런 사내의 화상—남편에게 대한 애정과 의무는 은희로 하여금 남편이 아닌 이쁘장한 사내를 화상으로나마 바라보는 것을 용서할 수가 없었다. 은희는 마침내 그 불유쾌한 일을 피하기 위하여 예배당을 그만두었다.

"예배당에 안 갈려우?"

---

35) 지우려고 할수록

36) 닫힌

그 일요일 날 예배당에 갈 차림을 하지 않고 앉아 있는 안해에게 남편은 이렇게 물었다.

"머리가 좀 아파서요."

안해는 흘리는 애교를 눈에 담아 가지고 남편을 쳐다보며 이렇게 대답하였다.

그의 남편으로서 만약 독신자(篤信者)일 것 같으면 이 자리에서 당장에 안해를 꾸짖어서 예배당에 가도록 하지 않으면 안 될 것이었다. 그러나 남편 역시 안해가 안 가겠다는 것이 다행인 듯이 자기도 번듯 그 자리에 넘어졌다—.

"나도 머리가 휑뎅하군. 오늘 하루 예배당에 그만 둘까?"

이러고는 안해의 의견을 요구하는 듯이 안해를 바라보았다. 안해는 미소로써 대답하였다.

그 다음 일요일도 안해는 머리가 아프고 남편은 머리가 휑뎅하였다. 그리고 일요일마다 까닭 없이 예고 없이 쏘고 휑뎅해지는 그들의 머리는 그 뒤에도 늘 일요일만 되면 발병되고 하였다.

이리하여 은희의 신앙에는 마침내 최후의 결단이

난 것이었었다. 어렸을 때의 그야말로 태산이라도 움직일 신앙은 그의 오라비동생의 죽음에서 파탄이 생겼다. 거기서 틈이 생긴 신앙은 은희의 배운 바 과학이 마침내 말끔히 쓸어 내어 버렸다. 처녀의 정열은 한때 그리스도께 귀의(歸依)해 본 적이 있기는 하지만 그것은 오히려 연애로서 설명할 것이지 신앙이 아니었었다. 은희의 앞에 정열을 바칠 정당한 사람—남편이 나타날 때는 한때 임시로의 마음을 점령하였던 환영은 쫓겨나지 않을 수가 없었다.

"은희 왜 예배당에 부지런히 안 다니나?"

"누님 이즈음 왜 게으르시우?"

교역자들에게 이런 말을 들을 때마다 은희는

"살림살이를 하자니깐 참 바빠서— 자연히 게으르게 돼요. 가야겠다 생각은 하면서도…."

하면서 얼굴을 붉히며 웃었다. 그러나 그런 때마다 처녀 시절에 제 온 정성을 바치던 이쁘장스런 그리스도의 화상이 그의 눈앞에 어릿거려서 그로 하여금 그 그림자를 지우기 위하여 머리를 젓게 하는 것이었었다. 그리고 그런 때마다 그리스도의 화상 뒤로는 그의 남편의 그림자가 나타나서 은희의 정조적(貞操的) 양심을 움직이게 하는 것이었었다.

"살림살이가 아무리 바빠도 예배당에는 빠지지 않고 다녀야지 게으르면 되나?"

교역자들이 은희의 말을 무시하여 버리고 이렇게 다시 권할 때는 은희는 그 교역자들을 어서 돌려보내기 위하여 이 다음 주일부터는 꼭 다니겠노라고 맹세를 하는 것이었었다.

그러나 그 다음 주일이 되면 은희의 머리는 또 아팠다. 남편의 머리는 또 휑데–ㅇ하였다. 어떤 때는 은희의 머리가 아프기 전에 남편의 머리가 먼저 휑데–ㅇ해지는 때도 있었다.

"우리 집에서라도 예배봅시다."

그래도 미안스러운지 안해는 비교적 엄숙한 얼굴로 때때로 남편에게 이런 말을 하였다.

"그럽시다."

남편도 귀찮은 듯이 대답하고 안해와 마주 앉고 하였다. 그러나 급기 예배를 시작한 뒤에는 단둘이 빽빽 소리를 지르며 찬미를 하는 것이 우스워서 누구든

한 사람이 픽 하니 웃어 버리는 것이었다. 그런 뒤에는 예배고 무엇이고 내어던지고 두 사람은 허리를 두드리며 웃는 것이었었다.

## 9

결혼한 지 일년 반이 지나서 은희는 첫 아이를 낳았다. 그것은 밀동자와 같이 매끈한 아들이었었다. 비교적 미남자로 생긴 은희의 남편을 닮아서 갓난애는 살결이 희고 눈정이 맑았다.

한 사람의 속에 발휘할 애정의 분량이 얼마씩이나 들었는지 그것은 알 수 없다. 은희는 아직껏 자기의 속에 있는 바의 애정의 전부를 제 남편 위에 부은 줄만 믿고 있었다. 그러나 그의 몸에서 나온 이 고깃덩이 위에 은희의 애정은 또 다시 한량없이 부어졌다. 남편에게 대한 애정은 조금도 줄지 않았는데도 어디서 생겨난 애정을 이 새로운 고깃덩이 위에 부을 수가 있었다.

한 달 된 어린아이는 한 달 되니만치 사랑스러웠다. 두 달 된 어린아이는 두 달 된 만치 사랑스러웠다. 반 년이 지난 뒤에는 또한 반 년이 지난만치 사랑스러웠다. 그 사랑스러울 때마다 '이보다 더 크면 이젠 자미 없으려니' 하고 근심하여 보았지만 작으면 작으니만치 크면 크니만치 어린애는 사랑스러웠다.

여덟 달이 지난 뒤에는 어린애는 지척지척 걸어다니기를 배웠다. 그 어린애의 허리를 띠로 매어 가지고 걸음걸이를 연습시키는 젊은 어머니의 눈에는 천하에 많고 많은 다른 일은 존재할 가치조차 없었다. 이 어린애뿐이 천하에 유일한 존재였었다. 비록 혼자 있을 때라도 온갖 태도와 옷차림의 단정함을 자랑하던 은희도 어린애를 기르기 위해서는 오줌똥 묻은 앞치마를 그냥 입고 머리를 구수수하게 한 채로 저고리 고름조차 단정히 매지 못하고 어린애를 따라다녔다. 어떤 때는 그 꼴을 한 채로 어린애를 따라서는 대문 밖까지 나가 본 적도 있었다.

"이 애가 오늘은 쩌 쩌 해요. 말 한 마디 더 배와서 인젠 야단났군."

"쩌―? 그게 무슨 말일까?"

"무슨 말이란, 젖이란 말이지."

"옳아. 쩌―라. 그럴 테―ㄴ데."

젊은 부처는 대수롭지 않은 일이라도 어린애의 하는 일이라면 서로 외고 기뻐하고 하였다.

"하나님께서 훌륭한 아들을 주세서―."

교역자들이 그들 부처를 심방을 왔다가 이런 축사를 드리고 돌아가면 돌아간 뒤에는 젊은 남편은 어린애를 끄을어다가 어리둥둥을 하였다.

"하나님이 줘? 내가 만들었지. 여보, 그렇지 않소? 응? 어때?"

"뭐이 또!"

얼굴을 새빨갛게 해가지고 남편의 말에 대답을 하는 안해는 남편에게 어린 아이를 달라고 손을 내미는 것이었다.

"내 아들 내가 좀 데리고 노는데 왜 달라고 이리 성화야."

"어째서 당신 아들이란 말이오? 내 아들이지."

"내 아들 아니구."

"어째서?"
"내가 만들었거든."
"뭐이 또!"

이리하여 젊은 부처는 사랑하는 아들을 가운데 놓고 각시놀음과 같은 재미있는 살림을 하였다. 예수교의 신앙은 형태만 남았던 것조차 인제는 다 없어졌다. 사랑할 대상을 둘씩이나 가진 그들은 인제는 그들 이외의 다른 곳으로 보낼 사랑을 가지지도 못하였다.

한때 은희의 눈앞에 어릿거려서 은희로 하여금 남편에게 대한 미안을 느끼게 하던 다빈치의 그리스도의 화상도 인제는 다시 은희의 눈앞에 나타나지도 않았다. 한 번 무슨 책을 얻느라고 책장을 뒤적이다가 거기서 그때의 그 존영을 발견하고 잃었던 물건을 얻은 듯이 불유쾌와 희열의 교착된 마음으로 은희가 그 존영을 들여다볼 때에도 그 존영은 은희의 마음에 아무런 감동도 일으키게 하지 못하였다. 그 존영은 은희의 생활과 감정과는 아무 관련이 없는 한 국외의 물건에 지나지 못하였다.

## 10

'필립(必立)' 은희네—부처가 금과 같고 은과 같이 귀히 여기는 아들의 이름은 이것이었었다. 물론 그 이름의 배경에는 예수교가 있고, 이름뿐으로는 그 아이는 독신자(篤信者)의 자식으로 보겠으나 필립의 부모는 이때에는 벌써 노골적 무신론자였었다.

필립은 나날이 자랐다. 그리고 자라면 자랄수록 이뻐 갔다. 필립이 한 돌이 조금 넘었을 때에는 벌써 성큼성큼 뛰어다녔으며 쉬운 말은 다 하였다.

"파파 신문."

"마마 화장."

이러한 말—시골 어른도 능히 모를 말까지 알았다. 살결이 희고 뺨에 살이 풍부하고 눈이 어글어글한 필립은 남의 주의까지 몹시 끄을어서 길에서 보는 모르는 사람도 "그놈 잘생겼다"고 칭찬하고 하였다. 이러한 가운데서 그의 부모의 득의는 입으로 이를 수가 없었다.

'언제까지나 이렇듯 이쁘고 사랑스러울까'

은희에게는 이런 걱정이 때때로 났다. 지금 기쁨과 사랑의 절정에 다다른 그는 이 이상 필립이 이뻐질 수는 도저히 없을 것같이만 생각됐다. 그리고 인젠 더 이뻐질 가능성이 없는 데 대한 막연한 외로움조차 느끼고 그 때문에 때때로 남모르는 한숨까지 쉬었다.

그러나 자식에게 대한 부모의 사랑은 무엇으로도 비길 수가 없었다. 그 뒤에도 필립이 새로 시작하는 온갖 시늉이며 행동에 은희는 이전보다 더욱 이쁨을 필립에서 발견하고 차라리 놀랐다. 한 마디씩 배워 가는 창가, 어머니가 새 이쁜 옷이라도 입으면 한사코 그것을 달려들어서 더럽혀 놓고야 마는 사랑스런 심술, 잠자면서 헛소리를 하느라고 입을 들먹거리는 양, 길에서 본 일에 대한 시늉— 때때로는 다른 사람이 보면 어린애로서는 바스러진 짓이라고 눈을 찌푸릴 만한 행동까지도 은희에게는 사랑스러웠다.

"어디서 주워들었는지 필립이 아까 아리랑타령을 해요. 제법-."

"아리랑을? 나도 좀 들을걸."

"인제라도 시킵시다그려. 필립아, 너 착하지. 어디

또 한 번 해 봐라. 아-리랑 아-리랑."

그러면 필립은 어글어글한 눈을 무엇을 생각하는 듯이 치뜨는 것이었다. 그리고 한참 동안 벼르다가 노래를 시작하는 것이었었다.

-나를 버리고 가시는 임은 십 리도 못 가서 발병이나 -하하하하! 커다란 만족과 웃음의 가운데서, 남편은 필립을 끄을어다가 입을 맞추며 사랑의 눈초리를 부은 채로 묻는 것이었었다-.

"너, 임이 무엔지 아느냐?"

"알잖구."

"뭐야?"

"좋아하는 여편네지 뭐야."

필립은 어린애에게 당찮은, 임의 의의(意義)를 막연히나마 알았다. 그러나 이것조차 은희의 부처에게는 더할 나위 없이 사랑스러웠다.

"하하하하! 조그만 놈이…. 그래 너 임 있느냐?"

"없어. 난 없어두- 그래두-."

"그래두? 그래두 어때?"

"파파야 있지?"

"파파가 있어? 그래 누구란 말이냐?"
"맘마가, 파파 임 아냐? 난 다 알아."
"하하하하! 요놈, 벌써 그런 소릴 해서는 못써."
비록 못쓴다고 꾸짖는 양은 하나, 그것은 결코 꾸짖는 것이 아니었다. 사랑에 넘치는 부모의 눈에는 어린애의 여하한 행동도 이뻐만 보였다. 이런 언행도 필립의 부모의 눈에는 조달(早達)로 보였다. 그리고 자기네 아들 필립은 천동(天童)이어니 하고 기뻐하였다.
이러한 관대한 부모 아래서, 필립은 나날이 성장하였다. 무럭무럭 보이게 컸다.

## 11

필립의 세 돌도 지났다. 어떤 날 길에 필립을 끄을고 나갔던 은희는 귓결에 '조달한 아이는 단명하다'는 말을 들었다. 조달한 아이를 가진 어머니의 귀에는 이 말은 결코 그저 넘기지 못할 말이었었다. 거기서 어떤 불안증을 받은 은희는, 집에 돌아와서 남편에게 그 말을 외어 보았다.

남편도 그 말을 들은 뒤에는 한순간 눈살을 찌푸렸다. 그러나 곧 웃어버렸다—.

"그게 다 바보 자식을 둔 부모가 부러움 끝에 꾸며낸 말이야. 별 걱정을 다 하네."

남편은 이렇게 단언하여 버렸다. 그러나 그 속담말을 맞추려는 듯이 삼사일 뒤에 어린 필립이 문득 독한 고뿔에 걸렸다. 즉일로 소아과의 이름 있는 의사가 필립을 위하여 왔다. 전속 파출 간호부 하나이 고빙되었다. 필립의 부모도 곁을 떠나지 않고 간호하였다. 과학의 승리를 자랑하는 가장 완전한 흡입기며 가장 정확한 체온기가 구입되었다. 그리고 의학의 할 수 있는 힘을 다하여 어린 필립을 독감에서 구하여 내려 노력하였다.

그러나 그런 모든 노력도 헛되이 필립의 병은 사흘 뒤에는 마침내 그의 기관지를 침범하였다. 사흘이 더 지나서는 마침내 필립의 어린 폐까지 침범하였다.

처음에는 피곤함에 못 이겨서 때때로 자며 깨며 사

랑하는 아들의 병을 구완하던 은희도 필립의 병이 폐렴으로까지 된 뒤부터는 한잠을 자지를 않았다.

아니 자지를 못하였다.

이때부터 은희의 머리는 지금부터 십수 년 전에 자기의 눈앞에서 자기의 간호 앞에서 참혹히 저 세상으로 가 버린 어린 동생 만수의 모양이 무시로 비상히도 똑똑히 떠오르기 시작하였다. 해적이던 입 굳게 감겨있던 눈—십수년을 잊어버렸던 기억이 사랑하는 어린 아들의 위독한 병 앞에 문득 은희의 머리에 소생하였다.

"필립아 답답하냐?"

"필립아 무얼 먹고 싶으냐?"

어린애의 뜨거운 뺨에 입을 대고, 이렇게 떨리는 소리로 묻는 어머니의 음성은 오히려 엄숙하였다. 그러나 어린애의 입은 봉하여진 듯이 열리는 일이 없었다. 병이 폐렴까지 된 뒤부터는 울지도 못하였다. 너무 답답할 때는 마치 어른과 같이 손으로 천천히 이불을 젖혀 놓으면서 기다랗게 한숨을 쉬며 양손으로 두어 번 꺽꺽 허공을 잡아 보는 뿐 그 능변(能辯)이던 입에서는 한 마디의 말도 나오지 않았다.

그러나 어머니의 답답함도 결코 그 어린애의 답답함에 지지 않았다. 어린애가 답답함에 못 이겨서 양손을 들고 꺽꺽 허공을 잡을 때마다 어머니도 안타깝고 답답함을 이기지 못하여 발가락을 까부러뜨리며[37] 눈을 지르감고 하였다.

어린애의 병이 폐렴으로 된 뒤부터는 애의 아버지는 병실에는 좀체 들어오지도 않았다. 사랑에서 연방 어멈을 들여보내서 어린애의 병을 알아보는 뿐 들어오지조차 못하였다.

간호부를 고빙하였다 하나 간호부는 곁에서 심부름을 하는 뿐— 직접 어린 애를 간호하고 보호하는 것은 어린애의 어머니였었다. 비록 간호부보다 그 솜씨는 숙련되지 못하다 하나 고등한 교양을 받은 은희는 간호부의 간호와 어머니의 간호가 병든 어린애의 마음에 주는 영향과 결과를 잘 알므로[38]였었다. 더구나 혈통상 아무 연락이 없는 간호부의 다만 한낱 의

37) (기본형) 까부라뜨리다: 까부라지게 하다.

38) 앎으로

무적 간호에 사랑하는 아들의 목숨을 내어맡길 수는 도저히 없었다.

사흘 낮과 사흘 밤을 무릎 한 번 움직이지 않고 미음을 먹어 가면서 은희는 어린애를 간호하였다. 지성은 감천이란 말이 만약 거짓이 아닐진대 하늘은 마땅히 은희의 정성에 감동치 않으면 안 될 것이었었다.

## 12

그러나 이러한 정성도 하늘은 몰라보았다. 어린애는 폐렴이 된 지 사흘째 되는 저녁 마침내 가망이 없이 되었다. 은희가 십수년 전에 어린 동생 만수의 최후에서 본 바의 현상—답답한 듯이 헤적이던 온갖 행동을 멈추어 버리고 비교적 평온하고 온화한 모양—을 은희가 필립에게서 발견한 것은 폐렴이 된 지 사흘째 되는 저녁이었었다.

사흘을 미음만 조금씩 먹어 가면서 한잠을 자지를 않고 다리 한 번 펴보지 못하고 병간호를 한 은희는 이 날은 벌써 자기로도 자기에 대한 온 판단력을 잃은 때였었다. 아직껏 답답함에 못 이겨서 헤적이던 어린애가 비교적 평온하게 될 때에 은희는 인젠 가망이 없다고 생각할 뿐 그냥 움직이지 않고 그 모양대로 앉아 있었다. 비교적 평온한 숨을 규칙 바르게 쉬는 어린애의 얼굴을 때때로는 안개를 격하여 보는 듯이 때때로는 비상히 똑똑히—바라보면서 앉아 있는 은희의 머리는 각일각 나락의 밑으로 떨어져 들어갔다. 세상만사가 모두 중하고 의미 없고 흐리멍덩한 가운데서 이리 바뀌고 저리 뒤채는 것이 귀찮고 시끄럽기가 짝이 없었다.

"만수야 너 필립하고 싸우지 마라."

여기서 한 번 펄떡 정신을 차렸던 은희는 무릎을 조금 움직일 뿐 다시 어렴풋이 어린 필립을 내려다보았다.

즉 필립의 주위에는 불이 있었다. 그것은 무서운 불이었었다. 시뻘겋게 불붙는 가운데 필립의 얼굴만 두드러지게 나와서 답답한 듯이 양손을 헤적이며 어머니를 찾고 있었다. 필립의 주위에 있는 불은 더욱 맹렬히 타올랐다.

온갖 것을 다 사르려는 듯이 맹렬히 타올랐다. 필립의 옷에도 불이 당긴 모양이었었다. 몸이며 사위(四圍)를 온통 불에 둘러싸인 필립은 머리와 양손만 이불 밖으로 내어놓고 누구를 찾는 듯이—틀림없이 어머니를 찾는 듯이 헤적였다. 은희는 사랑하는 아들을 그 무서운 불에서 구하려고 맹연히[39] 어린아이에게 달려들었다. 동시에 그는 새빨간 처네이불을 손으로 쓸어안았다. 그가 시뻘건 불이라 본 것은 전등에 반짝이는 비단 처네였었다.

필립이 눈을 떴다. 그의 눈에는 오래간만에 웃음의 그림자가 있었다. 일주일 내외에 무섭게 여윈 필립은 그 여윈 뺨에 주름을 내며 빙긋이 웃었다.

“맘마, 왜 그래?”

“응 필립이냐. 자라 나 여기 있다.”

유황불이다! 필립은 지옥에 간다. 나의 사랑하는 아들 필립은 영구히 솟아날 길이 없는 지옥의 유황불

---

39) 망연히(아무 생각 없이 멍한 태도로)

구렁텅이에 빠진다. 은희는 펄떡 몸을 일으켰다.

"간호부! 간호부!"

피곤함을 이기지 못하여 엎드려 잠이 들었던 간호부가 덤비는 대답으로 일어났다.

"네? 네?"

"나가서 선생님 좀 여쭈어."

선생님이라 함은 은희 자기의 남편을 가리킴이었었다. 선생님이라는 것이 의사를 가리킴인지 주인을 가리킴인지 잘 알아듣지 못한 간호부가 망설일 때에 은희가 벌컥 성을 내었다.

"선생님—이 애 아버지 좀 여쭈어 와요! 잠만 쿨쿨에이 귀찮어."

무슨 영문인지는 모르지만 간호부는 주인아씨의 분부대로 황망히 머리를 쓰다듬으면서 나갈 동안 은희는 안타깝고 급함을 견디지 못하겠다는 듯이 손발을 오들오들 떨면서 미친 사람같이 휘번득이는 눈을 사랑하는 어린 아들의 위에 붓고 있었다.

## 13

아무 철도 없는 어린아이, 아직 죄악이라는 것을 모르는 어린아이—아직 걸음걸이에도 온전히 기운이 들지 않은 잔약한 아이—세상의 복잡한 의의(意義)를 아직 알지 못하는 천진한 아이—이 아이가 죽으면 어디로 가나?

다행히 내세(來世)라는 것이 없으면여니와 불행히 내세라는 것이 있고 내세에는 천당과 지옥이라는 것이 있다면 이 아이는 어디로 가나? 유황불 구덩이의 지옥? 혹은 사시 장춘의 천당?

내세라는 것이 있고 천당 지옥의 구별이 있으며 이 아이가 죽은 뒤에 아직 아무 죄악도 없었다는 이유 아래 천당으로 가게 되면 다행이어니와 불행히 지옥으로 간다면 이를 어쩌나? 아직 걸음걸이에도 기운이 들지 못하였던 이 잔약한 아이가 영원한 유황불 구덩이에 들어간다면 이를 어쩌나?

이 애는 아직 세례를 받지 않았다. 비록 아직 아무 죄도 범치는 않았다 하나 천국에 들어가는 제일 도정인 세례도 받지 않았다. 이 애의 부모는 하나님을 두려워할 줄 모르는 무신론자다. 아니 한때 가졌던 바의 신앙을 의식적으로 내어던진 반역자다. 처음부터 주의 도를 모른 것보다도 더욱 무서운 죄악이다. 이러한 부모의 자식으로 아직 세례도 받지를 못한 이 어린아이가 죽으면 어디로 가나?

간호부의 전언에 의하여 그의 남편이 황황히 들어왔다.

"에? 에? 왜 그러우?"

미칠 듯이 휘번득이던 눈을 은희는 남편에게로 천천히 옮겼다.

"목사님 좀 여쭤다 주세요."

남편도 뜻 안한 은희의 요구에 놀란 모양이었었다. 그의 눈도 커졌다.

"왜?"

"이 애가 임종이어요. 세례라도 줘야지…."

"이 어린 게 지옥에라도 가면 어떡합니까? 아무 철도 모르고 아직-."

은희는 말을 맺지를 못하였다. 그러나 남편은 안해

의 말의 뜻을 알아채었다. 더욱 크게 한 눈을 안해에게서 위독한 어린애게로 잠시 옮겼다가 남편은 잠에서 깨듯 히끈 돌아섰다.

"그럼 내 얼른 다녀올께."

"얼른 다녀오세요. 모자—."

그러나 남편은 모자를 쓸 생각도 안하였다. 그냥 휙 돌아선 채 꼬리가 빠지게 밖으로 나갔다. 곧 대문 소리도 철컥 하니 났다.

"원장님 좀 모셔 올까요?"

간호부가 근심스러이 가까이 와서 볼 때에 은희는 증오로 불붙는 눈으로 간호부를 노려보았다. 그리고 부르짖었다—.

"목사— 목사!"

그리고 그것으로도 시원치 않은 그는 행랑아범을 불러서 빨리 남편의 뒤를 따르게 하였다.

"달음박질해서 서방님이 미처 못 좇아 오신대두 혼자라도 앞서서 가서 K목사님 좀 얼른 와 줍시사구— 얼른! 늦으면— 늦으면—."

늦으면 어떻게 하겠다는 적당한 저주의 문구가 생

각나지 않은 그는 두어 번 침을 삼킨 뒤에 왈카닥 하니 문을 닫아 버렸다.

지금은 어디쯤 지금은 어디쯤—한창 목사 댁을 향하여 달려갈 행랑아범을 머리에 그려 놓고 그 통과할 곳을 머리에 그리고 있는 은희는 자기 집안의 시간이 지독히도 빨리 가는데 밖의 시간이 도무지 가지 않음이 안타깝기가 한량없었다.

두루마기를 입는 목사 모자를 쓰는 목사 신을 신는 목사—어서! 어서! 신이 바로 신겨지지 않거들랑 맨발로라도! 필립은 지금 임종이외다. 한 초를 다투지 않을 수가 없는 급한 경우외다. 왜 두루마기 고름 같은 것은 오면서라도 매지 않습니까? 목사가 오기까지도 필립은 숨소리 고요히 잠들어 있었다.

## 14

한 초를 유예할 수가 없는 은희는 들어서는 목사를 채근하여 어린 필립에게 세례를 주기로 하였다.

"성부와 성자와 성신의 이름으로 네게 세례를 주노라."

곱게 어머니에게 안긴 어린애에게 목사는 엄숙한 태도로 세례를 주었다. 그리고 다시 자리에 곱게 눕힌 뒤에 세 사람은 어린아이의 영혼을 위하여 기도드렸다.

"이 아이를 받아 주시옵소서. 아버님의 뜻대로 지금 아버님께 돌려보내오니 이 어린 영혼을 아버님의 나라에 받아 주시옵소서."

이러한 기도—은희는 아직껏 많고 많은 기도를 드렸지만 이만치 경건하고 엄숙하고 진심에서 울려 나온 기도를 드려 본 적이 없었다.

어린아이는 이 기도와 세례를 기다리느라고 쓸데없는 목숨을 아직껏 붙여가지고 있었던 듯이 세례와 기도가 끝난 뒤에 고요히 이 세상을 떠났다. 한 마디의 신음도 없이 살결 희고 예쁜 얼굴에 미소를 띠어가지고 이 세상을 떠났다.

그날 밤 간호부까지 돌려보내고 부처 단 두 사람이 어서 어린애의 밤경을 하였다. 하얀 보자기로 덮어 놓은 어린 시체 앞에 두 젊은 부부는 경건한 태도로 꿇어앉아 있었다. 그들은 가장 사랑하던 아들을 잃은 애통 아래서도 이상히도 지금 일종의 안심조차 느낀 것이었었다. 사랑하는 아들을 잃은 것은 쓸쓸하고 아프다. 그러나 그 애가 혹은 하늘나라에 들어가서 기쁘게 놀지도 모르겠다 할 때에 그들은 애통 가운데서도 일종의 안심을 느낀 것이었었다.

"여보세요."

아내는 눈물 머금은 눈을 천천히 남편에게로 향하며 남편을 찾았다.

"응?"

"우리도 이 다음 주일부터는 예배당에 다닙시다."

"그럽시다."

"천당 지옥이 없으면여니와 천당 지옥이 있고 우리 필립이가 천당으로 갔다 하면 얼마나 우리를 기다리겠어요? 그리고 우리가 다른 곳으로 가면 그 애가 얼마나 섭섭하겠어요. 우리가 지옥으로 간다는 것보다도 그 애가 기다릴 생각을 하면 차마—."

안해는 목이 메이려 해서 말을 맺지를 못하였다

"그럽시다. 꼭 다닙시다. 그 애가 기다리는 건 둘째 두고라도 우리가 그 애를 천당에 두고 어떻게 다른 곳으로 가겠소? 나는 다른 데 못 가겠소."

남편도 이렇게 응하였다.

은희의 마음에는 지금 가장 절실한 필요 때문에 그 사이 오래 잃었던 신앙이 부활되었다. 사랑하는 아들과 갈라지기 싫은 어버이로서의 애정—여기서 생겨난 신앙이 그의 마음에 엄돋았다.

자식에게 대한 부모의 사랑은 가장 크다. 세상의 무엇보다도 큰 이 애정에서 생겨난 신앙에 잠긴 은희의 얼굴은 자식을 잃은 비통 가운데서도 장래에 대한 희망으로 적이 빛났다.

밤은 고요히 깊어 갔다.

(『조선일보(朝鮮日報)』, 1930.12.17~29)

지은이

# 김동인

## (金東仁, 1900~1951)

소설 작가, 문학평론가, 시인, 언론인.

본관은 전주(全州)이며 호는 금동(琴童), 금동인(琴童仁)이며, 필명으로 춘사(春士), 만덕(萬德), 시어딤을 썼다.

평안남도 평양 출생.

1919년의 2.8 독립선언과 3.1 만세운동에 참여하였으나 이후 소설, 작품 활동에만 전념하였고, 일제강점기 후반에는 친일 전향 의혹이 있다. 해방 후에는 이광수를 제명하려는 문단과 갈등을 빚다가 1946년 우파 문인들을 규합하여 전조선문필가협회를 결성하였다. 생애 후반에는 불면증, 우울증, 중풍 등에 시달리다가 한국전쟁 중 죽었다. 평론과 풍자에 능하였으며 한때 문인은 글만 써야 된다는 신념을 갖기도 하였다. 일제강점기부터 나타난 자유연애와 여성해방운동을 반대, 비판하기도 하였다. 현대적인 문체의 단편소설을 발표하여 한국 근대문학의 선구자로 꼽힌다.

1907~1912년 개신교 학교인 숭덕소학교
1912년 개신교 계통의 숭실학교에 입학
1913년 숭실학교 중퇴
1914년 일본에 유학하여 도쿄학원 중학부에 입학
1915년 도쿄학원의 폐쇄로 메이지학원 중학부 2학년에 편입
1917년 아버지의 사망으로 일시 귀국 많은 재산을 상속받음. 메이지 학원 중퇴
1917년 9월 일본으로 재유학, 일본 도쿄의 미술학교인 가와바타화숙에 입학하여 서양화가인 후지시마 다케지의 문하생이 됨
1918년 12월 이광수·최팔용·신익희 등과 함께 2.8 독립선언을 준비함
1919년 2월 일본 도쿄에서 주요한을 발행인으로 한국 최초의 순문예동인지 『창조』를 창간, 단편소설 「약한 자의 슬픔」을 발표하며 등단함
1919년 2월 일본 도쿄 히비야 공원에서 재일본동경조선유학생학우회 독립선언 행사에 참여하여 체포되어 하루 만에 풀려남
1919년 3월 5일 귀국한 후 26일 동생 김동평이 사용할 3.1 만세운

동 격문을 기초해 준 일로 체포되어 구속되었다가 6월 26일 집행유예로 풀려남

1919년 「마음이 옅은 자여」, 1921년 「배따라기」, 「목숨」 등을 발표하면서 예술지상주의를 표방함

1923년 첫 창작집 『목숨』(시어딤 창작집, 창조사) 발간

1924년 8월 동인지 『영대』를 창간, 1925년 1월까지 발간함

1925년 「명문」, 「감자」, 「시골 황서방」 등 자연주의 작품 발표

1929년 「근대소설고」 발표(춘원 이광수의 계몽주의문학과에 대립되는 예술주의문학관을 바탕)

1930년 「광염소나타」, 「광화사」 등의 유미주의 단편 발표

1930년 9월~1931년 11월 동아일보에 첫 장편소설 「젊은 그들」을 연재하였으며, 1933년 「운현궁의 봄」, 1935년 「왕부의 낙조」, 1941년 「대수양」 등은 연재한 대표적인 작품임

1932년 7월 문인친목단체 조선문필가협회 발기인, 위원 및 사업부 책임자를 역임. 동아일보 기자

1933년 4월 조선일보에 입사 조선일보 기자 겸 학예부장으로 약 40여 일 동안 재직

1934년 이광수에 대한 최초의 작가론 「춘원연구」 발표

1935년 월간잡지 『야담』을 인수하여 1935년 12월부터 1937년 6

월까지 발간

1937년 수양동우회 사건으로 구속되었다가 풀려난 뒤 전향의혹을 받음

1942년 일본 천황에 대한 불경죄로 두 번째 옥살이

1946년 1월 전조선문필가협회 결성을 주선하는 한편, 일제 말기에 벌어진 문학인의 친일행위 등을 그린 「반역자」(1946), 「망국인기」(1947), 「속 망국인기」(1948) 등의 단편을 발표

1951년 1월 5일 서울 성동구 하왕십리동 자택에서 사망

1955년 사상계사에서 그의 문학적 업적을 기려 동인문학상을 제정

도쿄 유학시절 이광수·안재홍·신익희 등과 친구로 지낸 김동인. 1919년 창간된 『창조』를 중심으로 순문학과 예술지상주의를 내세웠으며, 한국어에서 본래 발달하지 않았던 3인칭 대명사를 처음으로 쓰기 시작한 게 김동인이다.

김동인은 평소 이상주의에 깊은 공감을 가지고 있었으나 파리강화회의에 김규식 등 한국인 대표단이 내쳐졌다는 소식을 듣고 상심하여 회의적이고 냉소적으로 변했다고 전한다.

1920년대부터 가세가 몰락하면서 대중소설에 손을 대기 시작했다.

신여성의 자유연애에 부정적인 태도를 표출했던 김동인은 신여성 문사 김명순을 모델로 삼은 김연실전에서 주인공 연실을 "연애를 좀 더 알기 위해 엘렌 케이며 구리야가와 박사의 저서도 숙독"했지만, 결국 "남녀 간의 교섭은 연애요, 연애의 현실적 표현은 성교"라는 관념을 가진 음탕한 여자, 정조관념에는 전연 불감증인 더러운 여자로 묘사한다. 이러한 부정적인 언급은 김명순 개인을 넘어 자유연애와 자유결혼을 여성해방의 방편으로 여겼던 신여성들과 지식인들 전반을 겨냥한 것이었으며, 나아가 김명순을 남편 많은 처녀, 혹은 과부 처녀라고 조롱하기도 하였다.

그는 풍자와 조롱을 잘 하였고, 동료 문인이나 언론인들, 취재 기자들과도 종종 시비를 붙기도 했다고 전한다. 그 중 단편소설 「발가락이 닮았다」는 염상섭을 빗댄 작품이라고 하여 설전이 오가기도 했다고 전한다. 당대 문단을 주도했던 이 두 사람의 설전은 무려 15년 동안이나 계속 되었다고 한다.

김동인의 친일행적: 김동인의 친일행적은 일제강점기 말기 중일전쟁 이후부터다. 1939년 2월 조선총독부 학무국 사회교육과를 찾아가 문단사절을 조직해 중국 화북지방에 주둔한 황군을 위문할 것을 제안했다. 그 제안이 받아들여져 3월 위문사(문단사절)를 선출하는 선거에

서 뽑혔으며, 4월 15일부터 5월 13일까지 북지황군 위문 문단사절로 활동하여 중국 전선에 일본군 위문을 다녀와 이를 기록으로 남겼다. 이후 조선총독부의 외곽단체인 조선문인협회에 발기인으로 참여했으며, 1941년 11월 조선문인협회가 주최한 내선작가간담회에 출석하여 발언하였고, 1941년 12월 경성방송국에 출연하여 시국적 작품을 낭독했다. 1943년 4월 조선총독부의 지시하에 조선문인협회, 조선하이쿠협회, 조선센류협회, 국민시가연맹 등 4단체가 통합하여 조선문인보국회로 출범하자, 6월 15일부터 소설희곡부회 상담역을 맡았다. 또한 총독부 기관지 매일신보에 내선일체와 황민화를 선전, 선동하는 글을 많이 남겼다. 1944년 1월 20일에 조선인 학병이 첫 입영하게 되자, 1월 19일부터 1월 28일에 걸쳐 매일신보에 「반도민중의 황민화: 징병제 실시 수감」의 제목으로 학병권유를 연재하기도 하였다. 이 밖에도 김동인은 친일소설이나 산문 등을 여러 편 남겼다. 1945년 광복 이후 8월 17일 임화와 김남천이 주도하는 중앙문화건설협의회 발족회에서 이광수 제명을 반대하였으며, 해방 직후 이광수에 대한 단죄 분위기가 나타나자 이광수를 변호하는 몇 안 되는 문인 중 한 사람이기도 했다. 김동인은 말년에 사업에 실패하고 불면증에 시달렸다고 한다. 수면제에 의존해 살다가 수면제에 대한 박사가 되었다고 한다. 이후 중풍으로 쓰러졌다 반신불수가 되어 1951년 1월

생을 마감하였다.

**2002년 발표된 친일문학인 42인 명단과 2008년 민족문제연구소가 선정한 친일인명사전 수록예정자 명단 문학 부문에 포함되었다. 친일반민족행위진상규명위원회가 발표한 친일반민족행위 704인 명단에도 포함되었다.

**1955년 『사상계』가 김동인의 이름을 딴 동인문학상을 제정하여 1956년 시상을 시작했다. 이후 동인문학상은 1956년부터 1967년까지는 사상계사, 1979년부터 1985년까지는 동서문화사, 1987년부터는 조선일보사가 주관하여 매년 시상되고 있다.

큰글한국문학선집: 김동인 단편소설선

시골 황서방



1판 1쇄 인쇄_2018년 03월 10일
1판 1쇄 발행_2018년 03월 20일

지은이_김동인
엮은이_글로벌콘텐츠 편집부
펴낸이_홍정표

펴낸곳_글로벌콘텐츠
등 록_제25100-2008-24호

공급처_(주)글로벌콘텐츠출판그룹
편집디자인_김미미 기획·마케팅_노경민 이종훈
주소_서울특별시 강동구 풍성로 87-6 201호
전화_02-488-3280 팩스_02-488-3281
홈페이지_www.gcbook.co.kr

값 17,500원
ISBN 979-11-5852-175-2 03810